昨日まではともにいたキャロ。
服装もいつもの服ではなく、
城で用意されたドレスを身に着けている。
その立ち姿は姫そのものだった。
魔眼と弾丸を使って異世界をぶち抜く！7
《第二話 キャロの出生の真実》

「いけえ！」
アタルが放ったのは
光の魔法弾。

オニキスドラゴンはあえてその魔方陣に向かってブレスを放つ。
空中で衝突する魔方陣とブレス。
《第五話　オニキスドラゴン》

「さて、外野が何か言っているようだが、
俺たちなら大丈夫だ。やるぞ」
イフリアの身体は徐々に透明になり、
アタルの身体と同化していく。
《第七話　オニキスドラゴン決着》

魔眼と弾丸を使って異世界をぶち抜く！

7

かたなかじ

イラスト：赤井てら

Author:Katanakaji

Illustration:Akai tera

口絵・本文イラスト　赤井てら

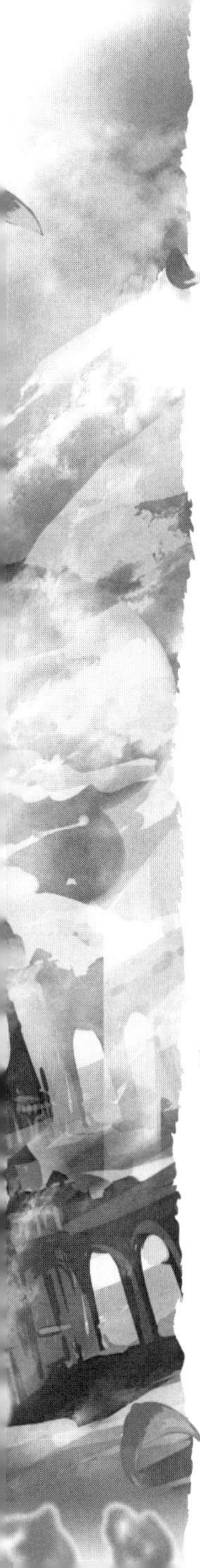

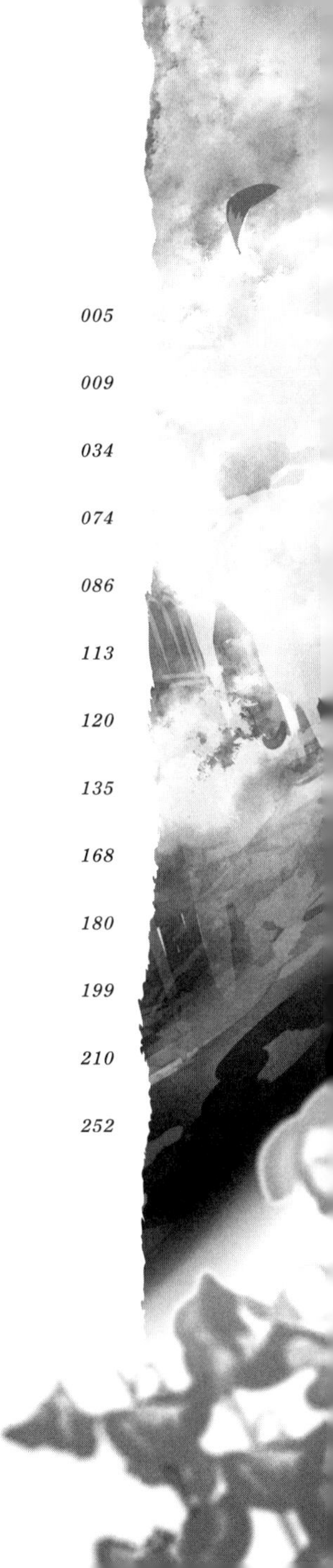

六巻のあらすじ

キャロの故郷《こきょう》へ向かうべく、獣人国《じゅうじんこく》に到着《とうちゃく》する直前、アタルたちは血まみれになっていた獣人の子どもを助ける。

その後入国しようとしたところで、獣人の子どもを連れているアタルたち、特に嫌《きら》われていた人族のアタルに誘拐《ゆうかい》の嫌疑《けんぎ》がかかり、警備隊に連行されてしまう。

キャロはアタルを助けるために、警備隊小隊長のタロサに協力して、誘拐団に潜入捜査《せんにゅうそうさ》することになる。

しかし、タロサはその誘拐団の一つの頭という別の顔を持っていた。

同時刻、アタルは警備隊大隊長のドウェインによって捕縛から解放され、動きだしていた。

タロサの罠《わな》にかかり捕《つか》まってしまったキャロのことをアタルが救出する。

そこに隠《かく》れて別行動をしていたバルキアスも同じく救助に現れた。

入国前にアタルたちが助けた子どもは、大臣の息子《むすこ》レユールであることがわかる。

彼《かれ》は政治的な思惑《おもわく》に巻き込まれており、タロサの部下によりとある貴族のもとでとらえられていた。

貴族の部下であるサソリの獣人アラクランにてこずるものの、無事レユール救出に成功する。

しかし、アラクランには逃《に》げられてしまう。

これでひと段落したと思われたが、アタルたちは街中を散策している時に姉を誘拐されたという少女に出会う。この国では多くの獣人が誘拐にあっている。

しかも、その多くは貴族などの上流階級の者である。

少女姉妹も王家と関係のある地方領主の娘《むすめ》だった。

アタルたちは優遇《ゆうぐう》するという交換《こうかん》条件のもとタロサから情報を引き出し、誘拐団の拠点《きよてん》を全《すべ》て潰《つぶ》していくことになる。

そのうちの一つに向かうと、誘拐犯《ゆうかいはん》が全員倒《たお》れていた。その屋敷《やしき》は幽霊《ゆうれい》屋敷であった。

幽霊少女の協力もあって、その拠点は難なく潰すことができる。

今回の作戦は国にはびこる大誘拐団との戦いという大きなものになる。

その大誘拐団の親玉は大犯罪者フェイスであり、そこには逃亡《とうぼう》を許したアラクランもいた。

アタルたちの活躍《かつやく》もあって、フェイス・アラクランを倒し、誘拐された多くの獣人を彼らが救うこととなった。

もちろんその中には少女の姉の姿もあり、無事一件落着となる。

大臣はお礼としてアタルたちの要望を聞いてくれることとなり、アタルはキャロの故郷の情報と白虎《びゃっこ》（縞々《しましま》模様の獅子《しし》と伝える）の情報を集めるよう依頼《いらい》する。

白虎の情報は通常は立ち入り禁止の大図書館の奥《おく》にあるエリアで見つけることとなる。

西にある山に白虎の魂《たましい》が落ちたという情報。しかし、西に山はない。

誘拐団を潰す際《さい》に出会った幽霊少女が突如《とつじょ》現れて言う。

「私、知っているよ！」

彼女《かのじょ》の協力もあって、アタルたちは白虎の現在の居場所へとついにたどり着く。

アタルが持つ、四神玄武《ししんげんぶ》の力を感じ取った白虎は怒《いか》り狂《くる》い、玄武の仇《あだ》と見て襲《おそ》い掛《か》かってくる。

しかし白虎は魂だけの存在であるため、物理的な戦闘力《せんとうりょく》がない。

ゆえに、その力を発揮するためにバルキアスの身体に憑依《ひょうい》して、アタルたちと戦うことになる。

アタルは様々な弾丸《だんがん》を駆使《くし》し、キャロは玄武の武器に魔力《まりょく》を込めて、バルキアスの身体を覆《おお》うオーラを削《けず》り、最後には光の魔《ま》法《ほう》弾《だん》（玄《げん》）によって狂気《きょうき》に落ちた白虎の魂を浄化《じょうか》させることに成功する。

白虎は消える間際《まぎわ》、自分の力の一部をバルキアスに残して魂を解放してくれた礼とした。

バルキアスは白虎を身体に宿している間、過去の記憶《きおく》の断片《だんぺん》を見ており、彼らが苦しんだ結果、今の状態に陥《おちい》っていたことを知った。

彼の仲間である四神も解放してあげたいと強く思う。

白虎の力が宿った影響《えいきょう》か、バルキアスの額の紋章《もんしょう》はデザインを変えていた。

無事に街に戻《もど》った一行にキャロの故郷が見つかったという情報が入る。

いよいよアタルたちはキャロの故郷へと向かうことになる……。

第一話　キャロの故郷へ

白虎との戦いを終えたアタルたちは大臣邸《てい》を訪《おとず》れていた。

キャロの故郷に関する情報が手に入ったとのことで呼ばれたのだ。

道中はにこやかな様子を見せていた大臣だったが、話をする段階になると、何やら神《しん》妙《みょう》な面持《おもも》ちだ。

何か問題でもあるのかと、キャロはやや不安になっていた。

「……それではキャロさんの故郷の話を始めよう。これを見てもらえるかな」

そう言うと、大臣はテーブルの上に地図を置く。全員の視線がそこに集中した。

「ここが我々のいる街。ここから東に行った場所、この辺りにある集落にウサギの獣人を中心に生活しているコミュニティがあるそうだ。そして、色々と情報を集めた結果、キャロさんやご両親がこの街に住んでいたことを知っている人物がいるというところまで掴《つか》んでいる――この先は、実際に行って確かめてもらいたい」

アタルは情報があるなら先に説明してくれればいいのにと思っていたが、隣《となり》にいるキャロは自然と身体が震《ふる》えていた。

そんなキャロの足元でバルキアスは心配そうに主人である彼女の顔を確認《かくにん》する。

「なんにせよ、場所がわかったなら早速《さっそく》行ってみよう……問題はないよな？」

アタルはこの場に留《とど》まるよりも動いたほうがいいと考えて、キャロを落ち着かせるように肩《かた》にポンッと手を置きながら大臣に質問する。

「あぁ、もちろんだ。ただ申し訳ないが念のため城の騎士《きし》を案内役として同行させたい」

「いや、これくらいなら迷わずに俺《おれ》たちだけでいけるから大丈夫《だいじょうぶ》だ」

大臣の申し出に対して、アタルはきっぱりと断りをいれる。

「いやいや、しかし慣れない土地だから万が一ということもある。是非《ぜひ》とも同行させてほしい」

しかし、なぜか大臣は食い下がる。

その言葉にはなにがなんでも騎士たちを同行させたいという強い意志が感じられた。

「はあ……わかったよ。なんだかんだ情報を集めてくれたのはそっちだ。案内してくれるなら迷うこともないだろうから頼《たの》む」

キャロの故郷を訪れるために必要ならばとアタルが折れると、大臣はパアッと明るい表情になった。

「いやあそうか！　そう言ってくれると助かるよ！」

思っていた以上に大臣が喜んでいるため、アタルもキャロも不思議そうに首を傾《かし》げる。

「……ご、ごほん」

思わず大きなリアクションをとってしまったことに気づいた大臣は、誤魔化《ごまか》すように咳《せき》払《ばら》いをした。

「い、いや、君たちは国にとっての恩人だから、しっかりと案内しなければ申し訳がたたないということだ。そ、それ以上は聞かないでくれると助かる」

ここまでくると明らかに怪《あや》しすぎる大臣の反応に、アタルだけでなく、バルキアスも息子のレユールも疑いの眼差《まなざ》しを向けていた。

「や、やめてくれ！　そ、そんな目で私を見ないでくれ！」

アタルたちはジーッと見続けて、大臣が狼狽《ろうばい》する姿を楽しんでいる。

「と、からかい続けてもいいんだが、それよりも早くキャロの故郷に向かいたいな。だろ？」

「えっと、その正直に言うとそのとおりです……」

困ったような表情で耳を垂らすキャロの言葉をアタルが代弁すると彼女は肯定《こうてい》する。

彼女にとって故郷に行くということは念願であり、そこで父や母の情報が手に入るならば早く聞きたいと思っていた。

「お、おおっと、これは申し訳ないことをした。さあ、外で出発の準備をさせているので行こう」

その言葉は、騎士の同行が確定事項《じこう》だったことを指していたが、これ以上そこに突っ込む気のないアタルはあえてスルーした。

大臣とレユールとともに屋敷を出ると、門のあたりに既《すで》に騎士が五人待機しており、いつでも出発できるように準備を整えていた。

「彼らが同行する騎士だ。みんな、彼らは国賓級《こくひんきゅう》の人物である。失礼のないように案内をしてくれ」

「承知しました！」

騎士の一人が敬礼をして大臣に返答する。

その他の騎士たちも声は出さないが、同じように敬礼をしていた。

そして、返事をした騎士がアタルたちに視線を向ける。

「アタル殿とキャロ殿、それにバルキアス殿ですね。我々が案内を担当する騎士です。私の名前はグルグ。今回の騎士を束ねる小隊長という立場になります」

獣人の国の紋章《もんしょう》が胸に刻まれた鎧《よろい》を身に纏《まと》っているグルグ。

チーターの獣人であり、その顔立ちとまなざしからは真面目《まじめ》な雰囲気《ふんいき》が伝わってくる。

「あぁ、よろしく頼む」

「よろしくお願いしますっ！」

『ガウッ』

アタルたちが挨拶《あいさつ》をすると、グルグは他の騎士に視線で指示を出して数頭の馬を連れて来させる。

「お二人用の馬を用意しましたので、どうぞ好きな馬をお使い下さい」

「それは助かるが、キャロはどうする？」

アタルは気になった馬の顔を撫《な》でてからキャロに確認する。

キャロも同じように馬に乗っていくか、アタルと同じ馬に乗るか、それとも……。

「私はバル君の背中に乗っていきますね」

『ガウガウッ』

ふにゃりと笑ったキャロはそう答え、バルキアスも返事をした。

これまで何度もバルキアスの背中に乗っており、一番信頼《しんらい》できるその背中が最も安心できた。

「と、いうことだ。俺だけこの一頭借りよう」

「承知しました。足の速い馬を用意させましたので、早めに到着できると思います」

「よっと」

説明を受けながらアタルは馬にまたがる。

事前に顔を撫でてコミュニケーションをとっていたこともあり、馬はアタルを背に乗せることを喜んでいるようだった。

「ふふっ、お馬さんも喜んでいます。やっぱりアタル様が優しいってことがわかっているんですねっ！」

キャロはアタルが動物にも認められることが嬉《うれ》しいようで、笑顔《えがお》でそんなことを言う。

「そうか？　たまたま優しい馬を引き当てたんじゃないか？」

ひょいと肩をすくめたアタルは馬のおかげじゃないかと口にする。

（あの馬、足が速いから連れてきたものの、なかなかに気難しい馬で有名なんだが……やはり、大臣が気を使う人物というだけあってすごいな）

何頭か多めに連れて来た騎士団《きしだん》員は心の中でそんなことを考え、容易に乗りこなすアタルへひそかに畏敬《いけい》の念を抱《いだ》いていた。

「それでは、我々が先行しますのでついて来て下さい。途中《とちゅう》で一泊《いっぱく》、野営をしますが、我々が交替《こうたい》で番をしますのでご安心を。みんな、行くぞ！」

先頭をグルグが走り、副長が最後尾《さいこうび》を務め、間にアタルたちが挟《はさ》まれる形となる。

「なんだか大袈裟《おおげさ》だな」

「ですね……」

ただ案内するだけにしては態度が大仰《おおぎょう》であり、担当しているのも下《した》っ端《ぱ》ではなく、それなりに地位と実力のある騎士に見える。

そしてアタルたちを見る彼らの態度からは何やら緊張《きんちょう》感も感じられた。

集落まで残り四割程度まで進んだところでグルグが馬を止める。

「さて、そろそろ日が傾《かたむ》いてきましたのでここで野営をしましょう。準備をしますので少々お待ちを——みんな用意を」

グルグは部下に命令を出すと、一緒《いっしょ》に野営の準備をしていく。

たき火、食事、簡易テントと連携《れんけい》の取れた動きと手慣れた様子で用意が進んでいく。

しかし、そのさなかにあってもグルグたちはピリピリした様子で周囲を警戒《けいかい》しながら準備をしている。

「なあ、あんたたち……なんでそんなに厳しい顔をしているんだ？」

異様な雰囲気を感じ取ったアタルの質問に、全員がピクリと反応する。

「いえ、大臣の命令で護衛をしているわけですから、慎重《しんちょう》にもなるというものです。あなた方は国賓級のＶＩＰですから」

精悍《せいかん》な顔立ちでグルグが代表して答える。

よどみなく、自然な様子で答えるが、どこか表情がこわばっているのをアタルたちは確認していた。

「――なるほどな、そういうことなら納得《なっとく》しておこう」

言うつもりがなく、敵対するつもりでもないようなので、これ以上聞いても無駄《むだ》な時間を使うだけだと判断したアタルはそれで話を打ち切った。

「……アタル様、よいのですか？」

「んー、まあ大臣さんの指示だって言うし、俺たちに害をなすことはないだろうから放っておけばいいだろ。万が一敵対した時は……」

「した時は？」

アタルの言葉を疑問形にしてキャロが返す。

「倒せばいいだけだ。仮に国を敵に回すことになったとしても、俺たちだったら切《き》り抜《ぬ》けられるだろ？」

「はいっ！」

冗談《じょうだん》なのか、本気なのかわからないアタルに、元気よく返事をするキャロ。

そのやりとりは騎士たちの耳にも届いており、笑顔で不穏《ふおん》な会話をしているアタルたちに内心ではビクビクしていた。

彼らの強さに関しては大臣よりきつく言《い》い渡《わた》されており、決して怒《おこ》らせるようなことはないようにとも言われてきている。

なればこそ、彼らがさらっと自分たちを倒せばいい、などの言葉を口にしていることは、騎士たちの心中をざわつかせるものであった。

「まあ、何か仕掛《しか》けて来た時にはもう俺たちの勝ちだと思ってもらえればいいさ」

「ですねっ！」

『ガウ！』

アタルたちは騎士たちの心中を察していて、あえて聞こえるような大きさの声で話していた。

それは彼らへの牽制《けんせい》だった。

万が一敵対することを考えていた場合に、アタルたちの余裕《よゆう》な態度を見れば躊躇《ちゅうちょ》するかもしれない——そのための発言だった。

「あ、あの、我々はあなた方の案内兼《けん》護衛で来ていますので、け、けけ、決して敵対するようなことはないと誓《ちか》います！　な、なので、我々を敵視することだけは避《さ》けて頂けると助かります！」

焦《あせ》ったグルグが隊長としてなんとかアタルたちを説得しようと必死に言葉を紡《つむ》ぐ。

「ははっ、冗談だよ。あんたのその様子を見れば悪いことをしようと考えてないってことはわかった。まあ、断ったのに無理やりついてくることになったからには少し意地悪をしてやりたくなってな。すまなかった」

「ふふっ、ごめんなさいですっ」

『ガウッ』

アタルとキャロが笑い、バルキアスもその通りだとひと鳴きしたため、騎士たちもホッとした表情になる。

「そ、そうでしたか。……は、ははっ、それはよかったです」

他の騎士たちが笑う中、グルグだけは先ほどのやりとりに本気が交じっていることを感じて、乾《かわ》いた笑いを浮《う》かべていた。

ともあれ、このやりとりをきっかけにピリピリした空気もいくらか和《やわ》らいで、アタルたちは食事・睡眠《すいみん》ともに落ち着いた雰囲気で一夜を越《こ》えることとなった。


翌朝、朝食を終えた一行は早い時間に出発し、昨日よりも馬の速度を上げてキャロの故《こ》郷《きょう》へと向かって行く。

途中、昼休憩《きゅうけい》をとって、まだ日が高いうちに到着することができた。

「みなさん、ここがキャロ殿の故郷であると思われる集落になります。この人数で馬とともに入っては目立ちますので、私ともう一人が同行し、残りはここに待機させておきます。いきましょう」

馬を降りたアタルたちはそれらを騎士に任せて集落へと足を踏《ふ》み入《い》れていく。

「キャロ、俺たちに気兼《きが》ねしないで好きに見て回るといい。自分のペースで構わないからな」

「は、はいっ！」

返事をすると一瞬《いっしゅん》ためらいながらも足を踏み出《だ》したキャロは集落の中を進んでいく。

不安そうに胸元《むなもと》に手を寄せたキャロは何かを噛《か》みしめるかのように一歩一歩ゆっくりと進んでいき、キョロキョロと周囲を見回していく。

集落とは言うが、それなりにたくさんの人が行きかっており、思っていた以上に住民が多く、アタルたちのようなよそ者が歩いていてもチラリと見る程度で誰《だれ》も気にも留めない。

集落の中にいるのはほとんどがウサギの獣人であり、同族をほとんど見たことがないキャロからすれば、それだけで驚《おどろ》くべき光景だった。

「ウ、ウサギの獣人さんがあんなにたくさん……」

「あぁ、調査のとおりらしいな。俺もキャロ以外でウサギの獣人を見るのは初めてだ」

隣にやってきていたアタルが優しくキャロに声をかける。

この集落は複数の種の獣人が過ごしているが、その中でも特にウサギの獣人が多かった。

「アタル様……はい、ここが私の故郷、なんですね……」

ぼんやりと返事をしながらも、キャロは人々を、建物を、景色を食い入るように眺《なが》めていく。

「どうだ？　何か思い出せることはあるか？」

アタルの質問をうけたキャロは少し考えたが、芳《かんば》しくない表情で小さく首を横に振《ふ》る。

「……なんとなく覚えているような、覚えていないような」

故郷までくれば少しは何か思い出すかと期待していたキャロだったが、ほとんど思い出せないことにがっくりと肩を落としていた。

「キャロ、まだ気を落とすには早いぞ。まだここは村の入り口だ。中に行けば、見覚えのある風景があるかもしれないし、覚えている人がいるかもしれない」

ぽんぽんと頭を撫でながらアタルはそう言って励《はげ》ますと、キャロの背中を軽くとんっと押《お》した。

「はいっ！」

その言葉に勇気をもらって、キャロは再度ゆっくりした足取りで歩きながら周囲を見ていく。

キャロに先行させて、その背中を見守りながらアタルは彼女のあとをついていく。

バルキアスはキャロの横についており、グルグともう一人はアタルから少し距離《きょり》をとってあとをついてくる。

キャロが先に進んで記憶を掘《ほ》り起《お》こしているのと同時に、アタルはキャロのことを見る村人たちの反応を確認していた。

女の子が歩いているのをただ見ている者。

可愛《かわい》いなと興味を持つ者。

ただすれ違《ちが》うだけで、興味を持たない者。

様々な反応をする村人たち。

そのどれもが他の街や村でも見られる当たり前の反応だった。

「今のところ感触《かんしょく》はない、か……いや、キャロのほうはそうでもないな」

アタルが視線をキャロに戻すと、周りの風景に何かを思い出しているような表情になっていた。

「――あっ！」

そんな時、キャロがひと際大きな声を出す。

「……ん？　何かあったか？」

アタルはキャロが見ている方向へ視線を向けるが、特別変わったものがあるようには思えない。

「あの木！　確かあそこに……」

キャロは何かを感じ取ったのか、その木のもとへと一直線に向かって行く。

そこにはただ普通《ふつう》の木が一本あった。

やや大き目ではあるが、なんの特別感もない木である。

しかし、何かの期待を持った表情でキャロは走り近寄っていく。

アタルとバルキアスもその後をついていき、騎士団も少し離《はな》れてついていく。

キャロは木にたどり着くと、その周りをぐるぐると回りながら何かを探している。

「キャロ、その木に何かあるのか？」

「待って下さい……多分、このへんに……あった！」

「ん、どれどれ？　傷、か？　これはキャロがつけたのか？」

耳をぴんと立てたキャロが喜びながら指さしたところには刃物《はもの》でつけた傷がいくつもあった。

「いいえ……でも毎年誰かと一緒に身長を測って、それで勝った、負けたって喜んでいたような記憶があるんです」

木についた傷を撫でるようになぞりながらキャロは必死に何かを思い出そうとしている。

アタルとバルキアスは、そんなキャロを静かに近くで見守ることにする。

彼らはたとえどれだけ時間がかかったとしても構わないとさえ思っていた。

「――もしかしてあなたは……」

すると、一人の女性がキャロに近づいて声をかけてくる。

アタルたちよりもだいぶ年上で落ち着いた雰囲気を持つ猫《ねこ》の獣人の女性だった。

年齢《ねんれい》はおそらく四十代とアタルは判断する。

落ち着いた色のロングワンピースをまとった穏《おだ》やかそうな女性だ。

「えっと……？」

話しかけられたキャロはその女性に覚えがなく、戸惑《とまど》った表情になっている。

「あなた、確か……そう！　キャロちゃん！　キャロちゃんでしょ！」

しかし、相手はキャロのことを知っており、名前を言い当てている。

キャロと再会できたことを喜ぶように嬉しそうな笑顔で近寄ってきた。

「すみません、彼女の名前は確かにキャロであっているのですが、あなたは彼女のことを知ってらっしゃるんですか？」

困惑《こんわく》しているキャロに代わって前に出たアタルが質問する。

「……えっ？　えぇ、あの、あなたは？」

女性はキャロしか視界に入っていなかったらしく、急に話してきたアタルを警戒する。

アタルが人族であることを理解し、おびえたような表情をしていた。

「すいません、俺の名前はアタルといいます。彼女――キャロの仲間でここまで一緒に旅をしてきました。今回は彼女が故郷に行ってみたいというので、来てみたのですが……なにぶんかなり昔にここから離れたので覚えている人がいなくて」

丁寧《ていねい》に自己紹介《しょうかい》することで、女性の警戒心《けいかいしん》を少しでも解こうとする。

そのため、アタルは穏やかな口調と表情を心がけていた。

「あ、あぁ、キャロちゃんの……」

確認するように見てくる女性に、キャロは何度も頷《うなず》いていた。

「そうかい……キャロちゃんは私のことは覚えてないのかい？　でも仕方ないわね、最後に会った時のキャロちゃんはまだ本当に小さかったから……」

悲しげな声音《こわね》の女性の質問に、唇《くちびる》をきゅっとかみしめたキャロは悲しそうな表情で頷く。

せっかく自分のことを覚えていてくれて、声をかけてくれたのに、自分は何一つ目の前

の優しそうな女性のことを思い出すことができない——そのことがキャロの心を切なくさせていた。

「……あの、よければキャロの小さい頃《ころ》の話を聞かせてもらってもいいですか？」

　まだ、言葉を出せないキャロの代わりに、アタルが控《ひか》えめに願い出た。

「……あなたも色々あったのね。いいわ、二人とそっちのワンちゃんもお仲間かしら？　みんなうちに来てもらっていい？　私が知っていることを話してあげる。こっちよ」

　アタルとキャロの関係性をなんとなく感じ取った女性は、優しく微笑《ほほえ》むと自分の家へと招待する。

　今のところ、この女性以外に手掛《てが》かりがないため、アタルとキャロは頷いて女性のあとをついていくことにした。

「ご婦人、すみません。私も同行してよろしいでしょうか？」

　少し離れた場所にいた騎士のグルグも状況《じょうきょう》を察してアタルたちのもとへとやってくると、声をかけて一緒に話を聞くことを希望する。

「えっと……」

　これまた急に現れた騎士に驚き、女性は戸惑ってしまう。

「すみません、この人たちにキャロの故郷を探してもらったのでこの人だけでもお願いします」

アタルはグルグの援護《えんご》射撃《しゃげき》をすると、真摯《しんし》に頭を下げて女性に頼む。

「あらそうなの……？　わかったわ、いらっしゃい」

状況を理解した女性はグルグのことも快く受け入れてくれた。

女性の家は木のある場所からさほど離れておらず、すぐに到着する。

グルグ以外の騎士たちは木の近くで待機するよう命令されていた。

そこはこぢんまりとしていたが、女性の性格が反映された温かな雰囲気がにじむ家だった。

中に入ると、女性はアタル、キャロ、グルグへは温かいお茶を出し、バルキアスにはミルクを用意してくれた。

「それにしてもキャロちゃん、大きくなったわねえ」

お茶を一口すすった女性は改めてキャロを見て懐《なつ》かしみ、目じりに涙《なみだ》を浮かべていた。

「あの、ごめんなさい。私、全然覚えていなくて……小さい頃のことほとんどわからないのです……」

女性の視線に居心地《いごこち》の悪さを感じたキャロはしょんぼりと肩を落とし、うつむきながら謝《あやま》っていた。

「気にしないでいいのよ、元気な姿を見せてくれただけで嬉しいわ。でも、そういうことならキャロちゃんとみなさんに自己紹介をしておくわね。私の名前はエミリア。見てのとおり猫の獣人よ。私のうちは子どもがいないから、小さい頃はキャロちゃんのことを実の娘のように思っていたの。あんなことになった時は私も旦那《だんな》も毎日泣き明かしたものよ」

昔を思い出しながら穏やかな口調で語るエミリアの目じりには、涙が浮かんでいた。

本当にキャロのことを心配してくれていたことがわかるため、キャロもつられて目を潤《うる》ませている。

「その……あんなこと、とは何があったか聞いてもいいですか？」

「あなたは確かアタルさんって言ったわね。あなたがここまで連れてきてくれたのね。本当にありがとう。もう、二度と会えないと思っていたから……とてもとても、うぅ……」

そして、再びエミリアは感極《かんきわ》まって涙を流してしまう。

急に十数年ぶりに現れたキャロに、気持ちが落ち着いていないのだろうと考え、アタルたちはエミリアが落ち着くまで待つことにする。

数分ののち、落ち着いたエミリアがハンカチで涙をぬぐったあと、顔をあげた。

「ご、ごめんなさい。とても悲しいことだったから、今でも思い出すと……はい、でももう大丈夫《だいじょうぶ》。あの時の話ね……まだ、私も若くてキャロちゃんも小さい頃だったわ」

まだ悲しみのさなかにあったが、話さなければならないと判断したエミリアは真剣《しんけん》な表情で話し始める。

「その頃のここはもっと大きくて、町と呼ばれるような規模だったの。特別珍《めずら》しい場所はなかったけど、住んでいる人たちは楽しく過ごしていたわ。そこへ、ある日ケガをした人族の男がやってきたの。町の医師や回復魔《ま》法《ほう》を使える者たちが必死に治療《ちりよう》と看病をしたおかげで、命をとりとめたのよ……」

キャロに関係するとは思えない昔話が始まったことに戸惑うアタルたちだったが、エミリアが話を止める様子はない。

長くなりそうな話だと思ったバルキアスはくわっと一つあくびをするとキャロの足元で丸まって眠《ねむ》りにつく。

「その人は徐々《じよじよ》に元気になって、ついには走り回れるようにもなって町の住人ともだいぶ打ち解けたの……ここまではとてもいい話。人族と獣人が分《わ》け隔《へだ》てなく助け合い、そして仲良くなった――そんなお話」

内容はいい話だというのに、どこか物憂《ものう》げで悲しそうな表情になるエミリア。

「その人は町にいる一人の女の子と仲良くなったの。その子は町の責任者の一人娘《ひとりむすめ》でね、みんなそれを微笑ましく思っていたわ。その子の両親も二人のことを認めていたの。でも、ある日……その男は女の子を置いたまま、町を出て行ってしまったのよ。急なことだったので驚いたし、女の子は酷《ひど》く悲しんで、彼女を大事にしていた両親もそれはそれは激怒《げきど》していたわね……」

　ここまで言って、エミリアは悲しみから怒りの表情に変わっていく。

「悲劇が起こったのは——その夜のこと。町は盗賊《とうぞく》団に襲われたの……盗賊団を率いていたのがその男だったというのはあとで聞いたわ。真夜中だったこともあって、暗闇《くらやみ》の中で起こるわけのわからない事態にみんな叫《さけ》んで、逃げまどった……殺される人も多くいたし、攫《さら》われた人もたくさんいたわ。私は幸い軽いケガをしただけで、上手《うま》いこと隠れることができたんだけど、キャロちゃんは……」

　その言葉に続くのは、攫われた——という言葉だというのは容易に想像ができた。

「あ、あの、私が攫われたのはわかっています。たぶんですけど……うっすらと、なんとなくそんな記憶はありますし、アタル様に会うまでの経緯《けいい》を考えたら多分そうなんだろうなと……。私のことはそれで納得しているのでいいんですっ！　……だけど、その……私のお父さんとお母さんはどうなったのですか⁉」

　それはキャロが一番聞きたいことだった。

　ここまで聞いてきた話の中で、キャロの両親のことは一度も出てきていない。

もし、二人が健在でこの村にいるのだとしたら、エミリアも優先的に話してくれたはずである。

ならば、キャロの父と母はどうしたのか？

それは当然の疑問であり、不安そうな表情でキャロが質問する。

「キャロちゃんの両親、ね……そう、ね。気になるわよね……でも、ごめんなさいね。私は、逃げることと隠《かく》れるのに精一杯《せいいっぱい》だったの。だから、あなたのご両親があの時にどうなったのか何もわからないの……。ただ、あとで色々な人に聞いた話でわかっているのは、キャロちゃんが攫われたということと、キャロちゃんのお父さんとお母さんの姿は翌日になっても見当たらなかったということくらいなの。強い人たちだったから簡単に攫われることはなかったと思うけど……」

きっとこの質問が来るだろうとわかっていたエミリアだったが、キャロが求める答えを伝えてあげられないことに心苦しそうに顔をゆがめる。

この話をどうとっていいのか、キャロは困惑していた。

「つまり、キャロの両親の生死は不明。もしかしたら、今もどこかで生きているかもしれないということですか……」

改めて話をまとめるアタルに、エミリアは苦い顔をする。

「何もそんな風に……」

言わなくていいんじゃないか？　そう言いながらエミリアはキャロの表情を確認する。

「大丈夫です、事実が大事です。お父さんとお母さんが生きている可能性があるかもしれないとわかっただけで、少しは希望が持てます」

キャロの表情には悲しさもあったが、それでも前を向いているものだった。

「失礼、エミリア殿《どの》。一つ確認させて頂きたいのですが、キャロさんのご両親のお名前はなんというのでしょうか？」

「そ、そうだっ！　そうですっ、私はいつもお父さん、お母さんと呼んでいたので二人の名前を思い出せなくて……」

グルグが確認のために質問し、食い入るようにエミリアに迫《せま》ったキャロは自分の記憶の中に二人の名前がないことを付け足す。

「あぁ、二人の名前だね。キャロちゃんのお父さんの名前はジークルト、お母さんの名前はハンナよ。二人ともとてもいい人で、種族の違う私なんかにもとても良くしてくれたのよ。ジークルトさんは穏やかでどことなく気品のある人だったわね。ハンナさんはいつも笑顔で彼《かれ》の隣に寄《よ》り添《そ》う仲睦《むつ》まじい夫婦《ふうふ》だったわ」

エミリアは二人のことを思いだし、懐かしそうな顔でキャロの両親の名を告げるが、キャロはやはり覚えておらず、ピンときていない様子である。

一方で驚いた表情を見せているのは質問者であるグルグだった。

「し、失礼。私は少し外に出ています。みなさんは心行くまで話をしていて下さい……」

何か思い当たる節があるのか、グルグは慌《あわ》てた様子で家を飛び出ると、すぐに部下のもとへと向かい、そこで何やら説明をする。

それを聞いた部下の一人が飛び出すように集落の入り口へと走っていき、馬を受け取ると全速力で王都へと戻っていった。

「グルグのやつどうしたんだ？」

「うーん、お父さんたちの名前を聞いたことがあったのでしょうか？」

「変わった人だねえ……まあ、出て行ってしまった人はいいでしょ。それよりも、小さい頃のキャロちゃんの話をしましょう」

その後、アタルたちはエミリアからキャロの小さい頃の話、そして両親の話を聞き、日が傾いて来たところで、家をあとにした。

第二話　キャロの出生の真実

外に出ると先ほど飛び出していったグルグが待機していた。

「お、おおう。ずっと外で待っていたのか……」

「す、すみません！　長々と話してしまいまして……」

アタルは呆《あき》れた様子を見せ、キャロは申し訳なさそうに頭を下げる。

「いえいえ、お気になさらず。キャロ様がごゆっくりお話を聞けたのであれば、我々が待つことなど、なんら問題はございません」

待っていたことを気にすることのない様子のグルグはゆっくり首を横に振ると、笑顔でキャロに声をかける。

「……ん？　様？　ございません？」

彼の言葉《ことば》遣《づか》いが気になったアタルは首を傾げる。

エミリアから話を聞く前はもう少し砕《くだ》けた話し方をしていたグルグだったが、今はキャロに対してかしこまった口調になっているため、違和感《いわかん》を覚える。

「あ、あの、話を聞いていた間に何かありましたか……？」

キャロもアタルと同じことを思ったため、困った表情でグルグに質問する。

「いえ？　特に変わったことはございません。早速出発なさいますか？　それとも一晩こちらで過ごされますか？　すべてはキャロ様の望まれるままに」

二人に問われても笑顔でなんでもないというグルグは、二人の目から見て明らかに様子のおかしいものだった。

「……。とりあえずすぐ出発しようか。名前がわかったからには、大臣と話して再度情報集めをしたほうがいいだろ」

「お任せ下さい！　我々が先導しますので、すぐ向かいましょう！　帰りも同じ場所で野営の予定ですが、ご承知おき下さい！」

アタルの言葉を聞いたグルグは、待ってましたと言わんばかりに足早に集落の入り口へと向かって行った。

「……まあ、いいか」

口調が変わったことの事情を話さないグルグに対して、アタルは置いていかれたような気持ちを抱きながらもあきらめたようにぼそりとつぶやく。

敵対するつもりはないという彼の言葉を信じれば、今回の対応の変化も悪いものではないのだろうと考え、流れに任せることにする。

キャロとバルキアスはその判断を受け入れて、何も言わずに街に戻《もど》ることにする。

帰り道も特にこれといった問題はなく、順調に進んだ。

ただグルグだけでなく他の騎士《きし》たちまでキャロへの態度が変わり、野営時の警備が行きの時よりも更《さら》に厳重になったことだけは大きな変化だった……。

しかしグルグたちがやや急いでいる様子だったため、一行は予定よりも早く王都へと戻ってくることができた。

「さあ、お二人ともこちらへどうぞ」

街についてからもグルグたちはアタルたちに同行してくる。

グルグが先導し、他の騎士はアタルたちを囲むような陣形《じんけい》をとっている。

「なあ……これって大臣の家に向かっているんだよな？　それにしては道が違うような気がするけど……」

アタルが言うように大臣の家からは進路がそれており、今まで行ったことのない道を進んでいく。

「え、えぇ、大臣殿は本日、家の方にはおられないとのことです。ですが、問題なく大臣殿のもとへとご案内しますので安心して下さい！」

焦って答えているようにも見えたが、そう言われてはこれ以上追及《ついきゅう》しても仕方ないと、グルグに任せることにする。

アタルたちにとって、この街での最大のツテは大臣であり、これまで話してきた彼の人格から信頼できる相手だとも思っていた。

だからこそグルグが多少おかしい挙動をしていても深く追及しないでいた。

そこからは無言のまま進むこととなる。

十分程度経過したところで到着《とうちゃく》したのは城の入り口だった。

「城……いや、まあ大臣だったらそりゃ城で働いているだろうな。だけど、なあ？」

「はい、何かいつもの流れだと嫌《いや》な予感が……」

『ガウッ』

これまでに通過してきたいくつかの国でも、最終的には王族と関《かか》わる機会ができてしまっていた。

ここまでくると、アタルたちは今回もそうなる予感をヒシヒシと感じていた。

「アタル殿、キャロ様、ここからは城の者が案内しますので、そちらについていって下さい。拙《つたな》い案内でしたが、お付き合い頂きありがとうございました」

グルグがそう言って深く頭を下げると、他の騎士たちもそれに合わせるように頭を下げる。

「いや、こちらこそ助かったよ。ここまでありがとうな」

「ありがとうございましたっ！」

アタルは軽く手をあげて返事をし、キャロは深々と頭を下げる。

そんなキャロの様子を見ていたグルグは少しだけ考え込んで、何かを口にしようと顔をあげてそれをやめてしまう。

そして、苦々しい表情とともにグルグがなんとか絞《しぼ》り出した言葉がこれだった。

「差し出がましいようですが……キャロ様、この先色々大変なこともあるかもしれませんが、頑張《がんば》って下さい。是非《ぜひ》、ご自分に最も良い道を選択《せんたく》されることを願っております」

「……えっ？　えーっと、なんのことを指しているのかわかりませんが、はい、ありがとうございますっ！」

グルグが様々な思いを込めた末に出した言葉。

それが伝わったかはわからないが、キャロの笑顔を見たグルグは、自分の役目を完遂《かんすい》できたと心から思っていた。

「ささっ、アタル様、キャロ様、バルキアス様、こちらへどうぞ」

グルグたちとの会話が終わったのを確認《かくにん》した執事《しつじ》が、案内のためにアタルたちへと声をかける。

彼はトラ猫の獣人《じゅうじん》で手入れの行き届いたスーツのような服装と落ち着いた様子はさすが城仕えの執事といった雰囲気《ふんいき》である。

顔に刻まれた皺《しわ》は彼のこれまでの猫生を物語っているようだった。

「あぁ、頼《たの》む」

「よろしくお願いしますっ」

『ガウ』

城の中を進むなかで、すれ違う人々はアタルたちの活躍《かつやく》を既《すで》に聞いているようで、端《はし》に寄ると、すっと頭を下げてくる。

獣人のキャロだけでなく、他種族のアタル、そして狼《おおかみ》（フェンリル）のバルキアスにも敬意を払《はら》っている。

「この街に来てからのことを考えると、獣人は俺《おれ》みたいな人族を嫌《きら》っているやつが多いものだと思っていたが、好意的な視線ばかりだな」

特に城仕えともなれば、プライドが高く、他の種族のことを見下す者がいてもおかしくないとアタルは考えていた。

「いえいえ、皆《みな》さまのような英雄《えいゆう》に対してそのような不遜《ふそん》な考えを持つものは我らが城にはおりませぬ。王の考えが浸透《しんとう》しているがゆえなのですが……『獣人の国ではあるが、世界は獣人だけで成り立っているものではない。そして、種で判断するのではなく、人で判断せよ』と」

執事はその言葉を誇《ほこ》らしそうに語る。

彼らが仕える王はどうやら柔軟《じゅうなん》な考えを持っており、それを基本の考えとしているため、王城の雰囲気は良く、考えも城の末端《まったん》にまで浸透していた。

「なるほど、それはいい考えだな。今回みたいに獣人でも悪い奴《やつ》はいる。もちろん俺みたいな人族にも悪いやつはいる。反対にどちらの種族にもいいやつはいる。その考えは大事だ」

「素敵《すてき》ですねっ」

アタルとキャロはまだ会ったことのない王に対して、その考え方から自然と親しみを覚えていた。

そんな話をしていると目的の場所へ到着したらしく、執事が足を止めて振り返《かえ》る。

「こちらが待機部屋になります。準備ができ次第《しだい》、次の場所へとご案内いたしますので、しばしここでお寛《くつろ》ぎ下さい。部屋の中にあるものは自由に使っていただいて構いません。それでは失礼します」

扉《とびら》を開けて一礼すると執事はどこかへと行ってしまう。

「ふう、なんだか他のところでも同じようなことがあった気がするが……仕方ない、中に入るとするか」

「ですねっ。あっ、紅茶が用意されているので注《つ》ぎますね。お菓子《かし》と果物もたくさん用意してありますよっ！」

飲み物もお茶だけでなく、冷たいものや、バルキアス用のミルクなどいくつかの種類が用意されており、アタルたちがくることを見越《みこ》して用意されていることがわかる。

長時間待つことができるように菓子の種類も多く、本もいくつか用意されていた。

「さてさてどうなるかわからないが、しばらくはここでゆっくりさせてもらおう」

バルキアスも既に床《ゆか》に腰《こし》を下ろしており、休憩モードに入っていた。

そこからはキャロが用意してくれたお茶を飲みながら、今回の話をする。

「なんにしてもキャロの故郷《こきょう》に行けたのは収穫《しゅうかく》だったな」

「はいっ！　思い返してみると、小さい頃の記憶《きおく》と一致《いっち》する場所があの大きな木以外にもいくつかあったような気がします。アタル様と初めて会った頃から考えたら、こんなところまで来られたのは夢のようですっ……アタル様、ありがとうございます」

本当に嬉《うれ》しそうに笑うキャロはアタルが約束を守って、旅を続けてついに故郷まで連れてきてくれたことを何よりも感謝していた。

「いや、まあ約束だったからな。それに、獣人の国には俺も来てみたいと思っていたから……そのついでだ」

視線を外したアタルは照《て》れ隠しでそんなことを言うが、最後の言葉が本心ではないことをキャロは理解して笑顔《えがお》になっている。

「ふふっ、それでも嬉しいです。……にしても、グルグさんたちの様子、なにか変でしたね。お父さんの名前を聞いてからお城につくまでずっとおかしかったですけど……でも、最後の言葉は私のことを考えてくれていた気がしますっ」

話はグルグたちに移る。

「あー、確かに。まああいつは悪いことができなそうだし、あの言葉も言えないことがある中で頑張って絞り出してくれたんだろうな……今回の担当があいつでよかった、ような気はしている」

余計なことを言わず、言える中で大事なことを伝えようとしてくれた。

そんなグルグに対してアタルたちは悪い気はしていなかった。

その後もアタルたちはこの国に来てからの話をしていく。

国に入る前にレユールを助けたことに始まり、誘拐《ゆうかい》事件に巻き込まれたことや、誘拐団を壊滅《かいめつ》したこと、白虎《びゃっこ》と戦ったこと。

キャロの故郷に行き、両親の行方《ゆくえ》はわからなかったものの、昔の彼女《かのじょ》のことを知っている人物に会えたことはよかった。

今度はゆっくり故郷に行ってみよう。王様はいい人そうだ。などなど、この状況に至るまでのことを振り返っていた。

一時間程度経過したところで、ドアがノックされる。

「はーい！」

キャロが返事をすると扉が開かれ、再び先ほどの執事が姿を見せた。

「大変お待たせを致《いた》しました。準備ができましたので、ご案内します」

「やっとか、キャロ、バル行くぞ」

やれやれと立ち上がったアタルを筆頭に彼らは待機室を出て、案内されるまま執事についていく。

先ほど寛いでいた待機室に行くまではメイドや騎士たちとすれ違うことがあったが、今回は誰ともすれ違うことがない。彼らの足音だけが響《ひび》くばかりだ。

「――なんか、これはいよいよ想像していたとおりになりそうだな」

「ですね……」

今までの場所は地位に関係なく行き来できるエリアであった。

しかし、これだけ人がいないということは特別な場所。

城という場所であることを考えれば、王族に関連する場所であることは容易に想像できる。

それは大きな扉の前まで来たことで証明される。

「やっぱりか……ここはあれだろ？　謁見《えっけん》の間ってやつなんだろ？」

「えっ⁉　ご、ご存知《ぞんじ》なのですか？　そのとおりです」

初めて案内した場所に対してここがどこなのかアタルが言い当てたため、執事は驚きを見せる。沈着冷静《ちんちゃくれいせい》な執事が初めて見せた動揺《どうよう》だった。

「す、すみません。ということで、この方々がアタル様とキャロ様です。あとはよろしくお願いします」

執事は扉の前にいる衛兵に声をかけ、後のことを託《たく》すとその場をあとにした。

衛兵は案内という任務を終えた執事に敬礼をして返事とする。

「それでは皆様《みなさま》、扉が開いたと同時に中へとお進み下さい」

左右にいる衛兵は頷きあうと勢いよく扉を開けた。

「アタル様、キャロ様、バルキアス様のご到着です！」

衛兵の言葉が謁見の間に響き渡《わた》り、三人が入場する。

「前にお進み下さい」

しばらく進んだところで騎士の一人がアタルたちに声をかける。

謁見の間には、多くの騎士と恐《おそ》らく地位が高い者たちが列席しており、大臣の姿も王のすぐ傍《そば》にあった。

王が座《すわ》る玉座《ぎょくざ》まで数メートルのところで止められる。

「うむ、わざわざ呼びつけて申し訳ない。私がこの国の王、レグルスだ」

深く響くような声につられるようにその姿を見たアタルとキャロは驚《おどろ》く。

獣人の王といえば、ライオンや熊《くま》などの力が強く、戦闘《せんとう》能力の高い種族であると思っていた。

「……ウサギの獣人？」

アタルが思わずそう口にしてしまう。

玉座に座っているのはキャロと同じウサギの獣人であった。キャロと同じ青みがかった髪《かみ》色のさっぱりとした短髪《たんぱつ》をしており、年齢はおそらく四十前後であろうと思われる。

苦労や経験が顔に刻まれているためか、やや皺が多いように見受けられた。

「うむうむ、驚くのもわかる。ウサギの獣人が国の王であるとは、普通は思わんだろうからな。それはそれとしてだ……今回は誘拐団の討伐《とうばつ》、そして多くの住民の救出に尽力《じんりょく》してくれたとのこと。まことに感謝に堪《た》えない。ありがとう」

そこまで言うと、王はわざわざ立ち上がり、アタルたちへと頭を下げる。

一国の王が公《おおやけ》の場で、一介《いっかい》の冒険者《ぼうけんしゃ》たちに頭を下げるというのはありえないことであるが、重鎮《じゅうちん》も騎士も誰一人《だれひとり》としてそれを気にしている者はいなかった。

「いやいや、大したことはしてないさ」

アタルがなんでもないという風に言うと、再び座り直した王は申し訳なさそうな表情になる。

「加えて二人には我《わ》が国《くに》の者が色々と迷惑《めいわく》をかけたようで申し訳なかった」

これはタロサの所業のことを指している。

アタルを冤罪《えんざい》で捕《と》らえてキャロを誘拐した。それを国の代表として謝罪している。

これまた誰《だれ》もその行動を咎《とが》めようとはしなかった。

「いや、そっちも特に気にすることはない。無事にこうしていられるからな……ん？」

顔をあげたレグルスの視線がキャロに集中しており、慈愛《じあい》のこもった温かい目であることにアタルは気づき、首を傾《かし》げる。

「感謝をしているというのは本当だ。のちほど別途《べっと》、国からも謝礼を支払《しはら》おう」

「はあ、まあ別にそれはどっちでも……」

アタルは謝礼に興味なさそうな反応をする。

それよりもレグルスの視線の理由が気になっていた。

「あー……それで、だ。ゴホン、その……だな、今回はそれとはまた別に話したいことがあってここに来てもらったのだ」

その話したいことにキャロが関係している——レグルスの目はそう物語っている。

「話しても構わんか？」

レグルスの確認に対して、内心困惑しつつ、アタルもキャロも頷く。

「それでは話させてもらおう。昔話になる……私には歳《とし》の近い兄がいたのだ。兄は私よりも優秀《ゆうしゅう》で文武ともに優《すぐ》れていた。そんな私の憧《あこが》れであった兄がある日、行方をくらましたことで私に王位継承権《けいしょうけん》が回ってきたのだが……王になった今も思う。私など王の器《うつわ》ではなく、優秀で素晴《すば》らしい兄こそが王にふさわしい人物だったのだと」

懐かしむように目を閉じながら語るレグルス。

自分より優秀だった兄こそが王になるべきだったと、彼は王位を継承してから今日まで強く思っていた。

「何をおっしゃいます！　レグルス様は王にふさわしいお方です！　あなたが王だからこ

そ、この国の治安はここまで改善したのです！」

耐《た》えがたいというように重鎮の一人が思わず声をあげ、他の者たちも同意であるとみなそろって頷いている。

「ふっ、まあみんなはそう言ってくれるが、私はそれでも兄のほうが優秀であると今も思っているし、それは事実だ。さて、続きを話していこうか。そんな兄には好きな女性がいた。その女性はこの城でメイドとして勤めていた。だが、王族である者がメイドと結ばれるなど当時の大人たちが認めるわけがない……」

こぶしを握《にぎ》ったレグルスが悲しそうな表情で語る。

ここまでくるとアタルとキャロは何か感じ取ったように真剣な表情だった。

「兄の名はジークムート。街にお忍《しの》びで遊びに行く時は別の名を名乗っていた……ジークルトとな」

「ほう……」

「!?」

アタルはここで話が繋《つな》がるのかと感心し、キャロはただただ驚いていた。

自らの父の名前がこんな場所で出てくるとは思ってもいなかったからだ。

「そう、キャロ。お主の父親が我が兄だ。メイドのハンナと駆《か》け落《お》ちをして、その末に産まれたのがキャロとなる。つまりは私の姪《めい》ということだな」

そこまで言うと、レグルスは再びキャロを慈愛のこもった目で見る。

この視線の理由もここまでの話で理解できた。

「私の姪が生きていることがどうやって知られたのかわからないが、いつの間にか情報として広まっていた。それが今回の誘拐騒《ゆうかいさわ》ぎの発端《ほったん》だ。王の姪を、本来王位を継《つ》ぐべき兄の娘《むすめ》を擁立《ようりつ》して私を王位から失脚《しっきゃく》させようという魂胆《こんたん》だったようだな。まあ、徐々に本来の目的からずれる者が現れて、獣人という種族に対しての利用価値からか無差別に攫うようになったようだ。それでも年頃《としごろ》の女性が多かったのは、始まりの理由が原因だろう」

そこまで話したところで、王は目を瞑《つぶ》る。何か覚悟《かくご》を決めているようでもあった。

「なるほど、そういうことだったのか。確かに、それなら誘拐団に後《うし》ろ盾《だて》がいるはずだから、資金面の援助《えんじょ》があるだろうし、あの規模の大きさも理解できる。レユールを攫ったのも貴族だったしな」

ひとり冷静なアタルが王の話に反応するが、キャロは未《いま》だ混乱の中にあった。

その混乱の中にあるキャロに対して、目を開いた王から更なる混乱のもととなる言葉が投げかけられることになる。

「私には子どもがいない。いや、いたが小さい頃に病で亡《な》くなってしまったのだ。そのあとすぐに妻も亡くなり、今、家族はいない。だから……キャロさえよければ養子として迎《むか》え入《い》れたいと思っている。おおよその話でしか聞いていないが、キャロの故郷は小さい頃に盗賊団に襲《おそ》われ、それから辛《つら》い思いをしたと聞いている。キャロを我《わ》が子として、今まで味わうことができなかった幸せな、不自由のない生活を送らせてあげたい。キャロが望めば王位を譲《ゆず》ってもいい。気になる者がいれば、その者を伴侶《はんりょ》として王を継がせてもいい」

さらりと王位を譲ってもいいとまで言った王に対して、家臣たちは思うところがあったが、彼がどれだけ思《おも》い悩《なや》んでいたかを知っているからか、あえてそれを口にする者はいなかった。

いなくなった自分よりもずっと優秀な兄のこと。

その妻のハンナとはレグルスも仲良くしていた。

そして実の子が亡くなった時、レグルスは悲しみの淵《ふち》にいた。

多くの悲しみを越《こ》えて来たレグルス。

同じように多くの辛さを乗り越えて来たキャロ。

王を大事に思っているからこそ、家臣たちの心は一つになっていた。

「あ、えっと、その――そう言われても、そのすぐには……」

思わぬかたちで自分の出生を知ったキャロは耳をぺたんと倒《たお》し、不安そうな表情で視線を泳がせ、そして最後にアタルの横顔を見る。

アタルはいつもと変わらぬ表情で、王を見ている。

その内心では、何がキャロにとって最もいい選択なのか、自分と今後も旅をするのは本当に良いことなのか、ここに残ったほうが同族の者ともいられて幸せなのではないか？と悩んでいた。

その事実をキャロに悟《さと》られまいとして、努めて冷静を装っている。

これまで一緒《いっしょ》にいた経験から、アタルがここでなにかいつもと違《ちが》う様子を見せたらキャロの意思決定に影響《えいきょう》が出ることを知っていたからだ。

「うむう、それはそうであろうな。考える時間が必要なのは当然のことだ。部屋を用意させるので、今夜はそちらに泊《と》まるといい。大臣よ、手配をしてくれ」

「承知しました。それでは、皆さまこちらへどうぞ」

わざわざ大臣が案内するということにアタルたちは違和感を覚えるが、それほどに功績を残したアタルたちであり、王の姪というキャロはそれだけ重要視される人物になっていた。

案内されたのは国賓《こくひん》用の客室であり、アタルとバルキアスで一室、キャロが一室という振《ふ》り分けになっていた。大臣の話によると男性と女性で分けたとのことだったが、キャロの部屋はアタルたちとは少し離《はな》れており、よりグレードの高い部屋になっていた。

「バルと二人きりっていうのも初めてだな」

『うん！　いつもキャロ様が一緒だからね……』

元気よく返事をしようとしたバルキアスだったが、徐々に元気がなくなっていく。

「……キャロのことが気になるか？」

アタルの問いかけに、バルキアスは項垂《うなだ》れたままゆっくりと頷《うなず》く。

『キャロ様、ここに残るのかな？　アタル様はこの先も旅を続けるんでしょ？』

「キャロの判断はわからないが、俺の旅に関してはそのとおりだ。せっかくだから色々な場所を見てみたい。それに、四神のうち二柱は倒したが、まだ青龍《せいりゅう》と朱雀《すざく》がいるはずだから、そいつらの状況《じょうきょう》も確認しないとだからな」

堕《お》ちた神と呼ばれる青龍と朱雀。

この世界の未来を考えると、危険性があればこれまでの二柱と同様に倒す必要があるとアタルは考えていた。

『そう……だよね』

アタルの言葉に、バルキアスは頭を悩ませる。

契約者《けいやくしゃ》であるキャロがここに残るのであれば、バルキアスも残るのが道理である。

だが、アタルのことも主人と同様に思っており、アタルについていくのであれば、キャロとはお別れとなってしまう。

「バルも少し考えてみてもいいかもな……」

『うん……』

アタルはここで別れを選ぶのであれば、それはキャロの選択肢《せんたくし》だと思っている。

しかし、そうなった場合、道を選ばなければならないバルキアスはこの国に残るか、旅に出るか自分で決めなければならず、グルグルと頭の中でせめぎあっていた。

「バルはここで休んでいてくれ。俺は少し夜風に当たってくる」

アタルは立ち上がるとマントを身に着ける。

気配を消す効果のあるマントであるため、夜の城を歩いていても見つからずに不審者《ふしんしゃ》扱《あつか》いされずに済むと考えてのチョイスだった。

『うん……』

バルキアスも一人でゆっくり考える時間が欲《ほ》しかったため、そのまま床に丸くなって思案にふけることにした。

足音に気を付けつつゆっくりと城内を歩いているアタルは、見回りをしている兵士を見かけるが、マントの効果とアタル自身の隠れる力のおかげで見つからずに歩き回ることができた。

中には気配察知に優れ、気づく者もいたが、アタルが城に泊《と》まっていることを知っており、咎める者はいなかった。

夜独特の静けさが漂《ただよ》う中、城の高い場所に上がり、街が見渡《みわた》せる場所へと移動する。

「ははっ、こいつはすごい眺《なが》めだな」

心地《ここち》よい風を受けながら、アタルはチラホラ灯《あか》りが見える街を眺めていく。

整備され、穏《おだ》やかな静寂《せいじゃく》の中、特別飾《かざ》ったところはないが、それでいて美しい光景が広がっていた。

「……しかし、元の世界ではゲーム以外の繋がりが薄《うす》かった俺が、こんな風に頭を悩ませる日が来るとは思わなかったなあ」

誰にも聞かれていないため、感傷的な気持ちになりながらアタルはそんな風に独り言を口にする。

地球にいた頃《ころ》のアタルは、ＦＰＳなどのガンシューティングを始め、オンラインゲームの中で人とつながることはあったが、ゲームという趣味《しゅみ》を最優先にしていたために家に籠《こ》もっていることが多く、家族とも疎遠《そえん》になっていた。

サバイバルゲームに参加してみたい欲求に抵抗《ていこう》できず、リアルでも繋がりを持とうとしていた矢先にこちらの世界へ来ることとなった。

ゆえに、成人してからこれほどに人と親密になったのはキャロ、バルキアス、イフリアが初めてだった。

最初は頼《たよ》りない奴隷《どれい》少女だったキャロも、旅の中で様々な経験をすることで今では立派な冒険者として活躍を見せるほどになった。

そんなキャロと別れることになるかもしれない。

その事実は、こちらの世界に来てからキャロとともに長い旅をしてきたアタルにとって、とても大きな問題だった。

風に吹《ふ》かれ、街を眺め、ふと視線を上に向けると眩《まばゆ》いばかりの星空が広がっていた。

こんなふうに星空をキャロと一緒に見たことがあったな――そんなことをふと思う。

「――キャロも今頃《いまごろ》悩《なや》んでいるのかな……」

部屋を離されたが、決して会えない距離《きより》ではない。

だが、互《たが》いに考える時間が必要だと考えたため、案内されて以降キャロとは会っていない。食事もそれぞれ部屋でとっていた。

互いにいる場所がわかっていて、それでもあえて二人は会わないようにしている。

これは王や大臣に制限されているわけではなく、彼と彼女の判断だった。

時を同じくしてキャロは王の部屋を訪《おとず》れていた。

「すみません、夜分に訪ねてしまって……その上お茶まで用意させてしまって」

「なんのなんの、可愛《かわい》い姪が部屋に遊びに来てくれたことを悪く思う叔父《おじ》など、どこにいようものか。しかし、基本的にここは人を迎え入れるようになっておらんでな、あまり美《う》味《ま》いお茶を用意できないのが申し訳ないな」

早くに家族を亡くし、王の私室にやってくるような人がいないため、ただ寝《ね》るためだけの部屋になっており、誰かをもてなすようなものはほとんど置いていない。

しかし、レグルスはキャロが来たのを確認すると、嬉しそうに出迎《でむか》え、すぐにお茶セットを取りに行き、二人分のお茶と茶菓子《ちゃがし》を用意しようとしていた。

「あ、あの私がいれますっ。少しは慣れているので……」

どうにも慣れていないせいか危なっかしいレグルスの様子を見たキャロは、見かねてお茶淹《い》れに名乗りをあげる。

「う、うむ。そのほうがいいようだな。すまないな、王といっても一人では何もできんのだ。しかしまあ、姪が淹れるお茶を味わえるというのも役得だな」

苦笑《くしょう》しつつそんなことを言いながら、レグルスはキャロが注いでくれるお茶を今か今かと子どものようにワクワクしながら待っていた。

「どうぞ」

「うむ、ありがとう……あちちっ！」

「だ、ダメですよ！　淹れたてなんですから、冷ましてから飲んで下さいっ」

慌てて飲もうとしたため、レグルスは火傷《やけど》をしてしまう。

「こっちの水を飲んで下さい！　もう、叔父様《おじさま》ったらせっかちなんですからっ」

「すまな……げふっ！　ごほごほ！」

キャロに渡された水を口に含《ふく》んだレグルスだったが、キャロの言葉を聞いて驚いてむせてしまった。

「お、叔父様っ、大丈夫《だいじょうぶ》ですか？」

「だ、大丈夫だ。それより、も、もう一度言ってくれんかね？」

「……えっ？　何をでしょうか？」

キャロは先ほど自分が言ったことを思い出してみるが、特別なことは言っておらず、レグルスが何を聞きたがってるのかわからずにいる。

「そ、その、あれだ、そのお、おじさ……」

「叔父様、でしょうか？」

「そう！　それだ！」

レグルスは興奮して立ち上がる。

「な、なにがソレなのかわかりませんが、喜んでくれているようでよかったです」

ようやく理解できたことでふにゃりと笑ったキャロは現状、世界で唯一《ゆいいつ》血がつながっている親族であるレグルスと楽しく話ができることを嬉しく思っていた。

「ふふっ、私には長らく家族と呼べる人間がいなかった。もちろんみなは良くしてくれるし、私のことも考えてくれている。だが、やはり姪であるキャロにそう呼ばれるのは嬉しいものなんだよ」

王は純粋《じゅんすい》にキャロから叔父様と呼ばれたことを喜んでいる。

だが、それに加えて彼女を少しでも笑顔にしてあげたいと冗談《じょうだん》を交えていた。

自身で話したこととはいえ、キャロからしたら突然《とつぜん》のことばかりで昔話をしている時にずっと思い悩んだ表情だった彼女を気遣《きづか》っていた。

「ふふ、叔父様は楽しい方なのですね」

「うむ、そう思ってもらえてよかった。私はキャロが辛い思いばかりしてきたのではないかと心配していたんだよ。兄のたった一人の娘だからね」

「あ、ありがとうございます」

キャロはそれを聞いて礼を言うが、嬉しい気持ちと困った気持ちとがせめぎあい、複雑な胸中になっている。

「私はね、兄たちがあの街に住んでいたのを知っていたんだ。でも、兄がその道を選んで幸せになっているのであれば、それでいいと思っていた。私が父にそのことを知らせていればあんなことには……」

あの頃のことをレグルスは酷《ひど》く後悔《こうかい》していた。

兄と義姉《ぎし》があの街に住んでいたことを彼《かれ》は知っていた。

これまで王族として立派にやっていた兄がようやくつかんだ幸せ。

だからこそ良かれと思って黙認《もくにん》する道を選んでいた。

その結果があの大惨事《だいさんじ》に繋がることとなった。少なくともレグルスはそう考えていた。

「そ、そんなことはないですっ！　お父さんも、お母さんもきっと叔父様のことをそんな風に思っていないですっ！」

レグルスが後悔している気持ち、それは解消することのない呪《のろ》いであり、そんな考えでいては、この先ずっと苦しみ続けることとなってしまう。

そんなことはきっと両親も望んでいないとキャロは伝えたかった。

「キャロは優《やさ》しいな。うむ、確かに兄さんたちならそんなことを言って私を責めることはしないだろう……ありがとう」

自分でもきっとそうだろうとどこかで思ってはいたが、それよりも呪いのほうが、強くレグルスの心を占《し》めていた。

しかし、兄の娘であるキャロから改めて言われることでストンと心が軽くなったのを感じていた。

「ありがとう……相談に来たキャロに対してこれでは私ばかりが相談に乗ってもらっているようだな。さあ、ここからはキャロの話をしようじゃないか」

「は、はい、お願いします」

急に話が戻ったため、動揺するキャロだったが、レグルスが真面目《まじめ》な表情になったためキャロも姿勢を正す。

「私から先に話させてもらうが……キャロが色々と悩んでいるのはわかっている。城に残ったとしても何をすればいいのか。どう過ごせばいいのか。ともに旅をしてきた彼らと別れるのが辛い。彼らに恩返しができないんじゃないか――おそらくそんな気持ちでいっぱいなのだろう。更にいえば、キャロは私のことも考えていてくれる」

レグルスはそこまで言うとお茶を一口飲む。

「私が先に妻と息子《むすこ》を失ったことを話した。そのことをキャロは気にしてくれているし、わかっている範囲《はんい》で私が唯一の血縁《けつえん》ということも大事に思ってくれている。そんなキャロの気持ちにつけこむようなことを更《さら》に言わせてくれ。親族であるキャロがこの国にやってきてくれたことがとても嬉しいんだ。行方を知れなかった姪が、妻と息子を失った私のもとへとやってきてくれた。大臣から話を聞いた時には運命だとさえ思ったんだ」

レグルスの涙腺《るいせん》は既に決壊《けっかい》していた。だが顔を下げることはない。

それほどまでに彼は真剣《しんけん》に、全身全霊《ぜんしんぜんれい》で思いを伝えようとしていた。

「叔父様……」

そんなレグルスの言葉にキャロの心も更に揺《ゆ》れ動《うご》く。

「もちろん兄とハンナさんの行方の調査は続けていく。アタル君たちには相応の報酬《ほうしゅう》と援助を約束しよう。あのバルキアスという名の狼と共にいたいのであれば城で一緒に生活するといい。キャロが正式に私の娘となったことを公表すれば、誘拐事件もなくなるだろうし、アタル君たちが揉《も》め事《ごと》に巻き込まれることもなくなるだろう。キャロに王位を継ぐことを強制はしないし、継ぎたいと思えばそうしてもらって構わない。そんなことはどちらでもいいのだ。とにかくキャロに幸せになってもらいたい」

レグルスは涙《なみだ》をハンカチで拭《ぬぐ》うと、今後のキャロの生活についても説明していく。

後継者《こうけいしゃ》として迎え入れたいわけではなく、あくまでキャロを一人の家族として迎え入れたいという思いだった。

「こんな私なんかに勿体《もったい》ない言葉ありがとうございます。とても嬉しいですっ」

笑顔でレグルスに言葉を返すキャロ。

自分の利益でも、国のためでもなく、ただ純粋にキャロのために考えて提案してくれている。そのことによりアタルたちにも利益がある。

悩むキャロが選びやすいように自由を与《あた》えてくれている。

そんなレグルスの思いがキャロの心を優しく包んでくれているのを感じている。

「わかりました、私は――」

だからこそ、いろんな思いを受け止めた彼女は真剣な表情で口を開いた――。


翌朝、食事を終えてから再び謁見の間へとアタルたちは呼び出される。

前回と異なるのはキャロの立ち位置と服装だった。

「わざわざ来てもらってすまないな」

レグルスがアタルたちを労《ねぎら》う。

しかし、アタルとバルキアスの視線は王の隣《となり》にいるキャロに集中している。

昨日まではともにいたキャロ。服装もいつもの服ではなく、城で用意されたドレスを身に着けている。その立ち姿は姫《ひめ》そのものだった。

普段《ふだん》なら可愛い、似合う、などの誉《ほ》め言葉を贈《おく》るところだったが、今はそんな言葉が頭に浮かぶ余裕《よゆう》がない。

「ふむ、色々と勿体つけても仕方ない。端的《たんてき》に結論から述べよう。昨日の夜、キャロと色々話し合った。これまでのこと、そしてこれからのこと。その話し合いの結果、キャロは私の娘となり、この地に留《とど》まることとなった」

既に列席の重鎮たちには説明されていたらしく、驚く者はいなかった。

アタルとバルキアスも覚悟していたため、真剣な表情でレグルスの言葉を聞いていた。

「あ、あの、アタル様。それにバル君……私の旅はここで終わりです」

キャロが笑顔でアタルたちに別れを告げる。

できることならバルキアスだけでも一緒にいてほしいとも考えた。

しかし、彼の力はアタルの旅に必要になる。

ならば、バルキアスとも別れなければいけない。

「今まで一緒に旅をしてくれて、すごくよくしていただいて……ありがとうございました。そういうことなので、私は、わた、わだじは……」

最初は我慢《がまん》していたキャロだが、こらえきれなくなったのか、愛らしい顔立ちをくしゃりとゆがめたその目からはボロボロと涙が零《こぼ》れ落ち、それ以上の言葉を口にできずにいる。

「キャロ……」

『くうん……』

アタルとバルキアスはそんなキャロを見て胸が締《し》めつけられる思いでいる。

それでもキャロが自分で言葉を最後まで口にするのを、アタルとバルキアスは、そしてこの場にいる全員が待っていた。

いつまでも待つつもりだった。

彼女が気持ちを切《き》り替《か》え、別れを受け入れるために、これは絶対に必要な儀式《ぎしき》である。

それをわかっているからこそ、キャロは頑張《がんば》って言葉を紡《つむ》ごうとし、他《ほか》の面々はその言葉を待ち続けている。

――バタンッ！

そんな時にあって、扉が勢いよく開け放たれた。

「何事だ！」

大事な話をしているところへ兵士が飛び込んできたことに大臣が大きな声を出す。

「も、申し訳ありません！　しかし、火急の用件なのです！」

「ふむ、申してみよ」

王が兵士に発言を許し、報告させる。

「はっ！　北の森が竜《りゅう》によって壊滅致《かいめついた》しました！」

報告、一瞬《いっしゅん》の沈黙《ちんもく》、そしてざわつきが広がっていき、驚きや疑問の声が次々に聞こえてくる。

「っ……なんだと⁉」

「か、壊滅だと？」

「ど、どういうことだ！」

一気に喧騒《けんそう》がこの場を支配する。

「あ、あの、まだ続きが……」

兵士が続きを話そうとするが、ざわめきによってその声はかき消されてしまう。

「はあ……仕方ないな」

状況を見かねたアタルはハンドガンを手にすると、天井《てんじょう》に向かって空砲《くうほう》を放つ。

一発の銃声《じゅうせい》が再度沈黙を迎え入れた。

視線がアタルに集まり、その行動に対して声をあげようとする者もいたが、先に王が口を開く。

「うむ、静かになったな。アタル殿《どの》、助かった。それで、報告の続きを頼《たの》む」

冷静な王が兵士に続きを促《うなが》す。

ここで他の者が何かを話すのは王の言葉を邪魔《じやま》してしまうことになるため、みなが沈黙を守る。

「そ、それでは報告を続けます。北の森に現れたのは数十を超《こ》える竜で、複数の種が確認《かくにん》されています。森の木々は焼《や》き払《はら》われ、そこに生息していた魔物《まもの》や動物は恐らくほぼ壊滅したものと思われます。今は森だった場所に留まっているようですが、周囲を翼竜《よくりゆう》が飛び回っており、いつこちらへやってくるか知れない状況となっております！」

再び謁見の間が騒然《そうぜん》とする前に、王が口を開く。

「なるほど、とんでもない状況のようだな。この情報はどこまで報告されている？」

「は、はい！　既《すで》に冒険者ギルドのギルドマスター、エルトラム様には別の兵士が報告に行っております。それ以外では城に向かった私だけだと思われます！」

その報告を聞いた王が視線を向けたのは城の騎士《きし》たちではなく、アタルだった。

「アタル殿、申し訳ないが冒険者として貴殿《きでん》の力をお貸し願えないだろうか？　もちろん騎士たちも派遣《はけん》するが、準備などに時間がかかってしまうだろう。単体で動くことができて、実力のある貴殿を頼りたい」

アタルを賓客《ひんかく》として扱《あつか》っているため、王は命令ではなくあくまで懇願《こんがん》する形をとる。

「わかった。色々と世話になった人もいるし、この国に来て知人もできたからな。力を貸すのは問題ない」

その思いを理解しているアタルは、あえて理由をつけて了承《りょうしょう》する。

「それは助かる。先行してもらいたいが、ただ向かうだけでは立場を明らかにするのが難しいであろう。誰か兵士と共に冒険者ギルドに立ち寄って説明をしてくれると助かる」

「はあ……わかったよ。とりあえず誰かついてきてくれ、バル行くぞ」

『ガウ』

「で、では私が！」

アタルの呼びかけにバルキアスが返事をし、報告にきた兵士が同行者として名乗りをあげる。

「あっ……」

その様子を見ていたキャロの口から切なそうな声が漏《も》れた。

その声が耳に届いたため、アタルは足を止める。

「キャロ、自分で決めていいぞ。俺《おれ》とお前は対等な仲間で、何をするのか、お前が決めていい。お前の選択《せんたく》を尊重する」

背を向けたままのアタルの言葉。

王の娘になって、このまま城に残れば、キャロの旅はここで終わることとなる。

だからもう一緒にはいられない――そんなことをキャロは言おうとしていた。

だが、アタルはそれが心からの言葉とは思えなかった。

彼女《かのじょ》がこの国に来て色々なことを考えた末に、それが一番いいのだろうと結論付けたものであり、心の声に従っていないのではないかとアタルは思っていた。

困ったような表情でキャロは顔をあげると、心の迷いのままに王の顔とアタルの後ろ姿を何度も見比べている。

「ア、アタル殿、早く行きましょう！」

今日と昨日のやりとりを知らない兵士は早くギルドに向かいたいとアタルを急《せ》かす。

その様子を見ていたキャロは早く決めなければいけないのにどうしていいかわからないと混乱し、落ち着かなくなってしまう。

落ち着いて考えなければいけないのに、いろんなことが頭を駆け巡《めぐ》り、考えられない。

そんな状況は彼女の目に再び涙を浮かべさせてしまう。

「――キャロ、慌《あわ》てなくていい。だが俺はお前と出会った時から言っているが、自分で考えて答えを出してくれ。俺も、バルも、今はいないがきっとイフリアもお前が考えて出した結論を尊重する。王様だってお前の考えを支持してくれるはずだ」

振り返《かえ》ったアタルはそれ以上を語らず、ただまっすぐにキャロの目を見つめる。

バルキアスも隣で真剣な表情で答えを待っていた。

そんな二人を見ているうちに、キャロの胸中にこれまでの日々がよみがえる。

アタルに奴隷として買われたこと、怪我《けが》を治してもらったこと、戦うためのすべを与えてもらったこと、すぐに奴隷から解放されたこと。

バルキアスと契約《けいやく》したこと、今はいないがイフリアが仲間になったこと。

エルフの国に行ったこと、玄武《げんぶ》と全員で戦ったこと。

巨人《きよじん》の国に行ったこと、そこで玄武の装備を作ってもらったこと、国に所属する騎士と戦ったこと。

この国に来て自らが誘拐《ゆうかい》されてしまったこと、アタルが助けに来てくれたこと、白虎《びやつこ》と戦ったこと。

——そして、その全《すべ》てにおいていつも隣にはアタルがいてくれたこと。

ここまでの全ての思い出の中にアタルがいる。

そのアタルと離れることなど考えられない。

キャロは王に向き直ると深く頭を下げた。

「叔父様、ごめんなさい。やっぱり私がいるのはアタル様の隣です！」

キャロが出した答えを聞いたアタルは、背を向けて再び歩き出している。

「ふふっ、構わんよ。行きなさい。私は言ったはずだ。とにかくキャロには幸せになってもらいたいとな。その幸せにアタル殿が必要であるなら、彼の隣にいるのが一番だ。だが、この国に来た時には必ず顔を出すんだぞ？」

王としての言葉ではなく、優しい親戚《しんせき》の叔父《おじ》さんとしてレグルスは声をかけた。

「うんっ！」

キャロはあえて親しみのある言葉と笑顔《えがお》で返事をした。

「キャロ様、こちらを」

そう声をかけたのは大臣だった。

キャロの武器や持ち物を預かっており、それを彼女に手渡《てわた》す。

大臣はキャロが王の養子になると選択することも、その後アタルたちとの旅を選ぶことも予想しており、その時に備えて準備をしていた。

「ありがとうございますっ！」

ようやく本来の笑顔を取り戻《とりもど》したキャロは元気よく礼を言ったあと、アタルの背中を追いかける。

キャロは昨晩、この国にとどまるという返事を王にしつつもずっとずっと悩んでいた。

それゆえにドレスの下にはいつもの服を身に着けており、ドレスをバサッと脱《ぬ》ぐことでいつもの姿に戻っていた。

列席の重鎮《じゅうちん》たちはそのやりとりを見て苦笑いを浮かべていた。

「王よ、よろしいのですか？」

含みのある笑顔で大臣が尋《たず》ねる。

「よろしいも何も、キャロの笑顔を見たであろう？　私にあの笑顔は出してやれんよ。彼だからこそ、キャロを笑顔にしてくれる。もちろん苦しいことも大変なこともあるだろうが、キャロにとってはこの選択が最も良いものであるはずだ」

キャロの笑顔を焼き付けるように目を閉じて彼女の選択を評価するレグルス。

そして、目を開くと王の顔になる。

「さて、竜が北の森を滅《ほろ》ぼしたという報告だ！　国の一大事、騎士団《きしだん》は精鋭《せいえい》を準備せよ！全力で竜を退治するのだ！」

「「「おおおおおおぉ！」」」

王の言葉に全員が武器を持つ手を掲《かか》げ、勇ましく大きな声をあげる。

第三話　北の森へ

アタルたちが城から出ると既に馬が用意されていた。

報告に来た兵士は誰《だれ》かしらが先行する可能性を考慮《こうりょ》しており、事前に馬の用意を別の兵士に依頼《いらい》していた。

「お二人ともどうぞ、こちらの馬をお使い下さい！」

兵士は自分もそのうちの一頭の背にまたがり、アタルたちにも乗るように促す。

「私は今回もバル君の背中に乗りますので、アタル様は馬にお乗り下さいっ」

「わかった」

『ガウッ！』

キャロの故郷《こきょう》に行った時と同じ形でそれぞれが準備を終える。

「それでは街に向かいましょう！」

急いでいる兵士はそう言うと、すぐに出発していく。

気が急いて馬を全力で走らせる兵士は、アタルたちがついて来ているか確認しないままギルドへと向かう。

そのことに兵士が気づいたのは、ギルドに到着《とうちゃく》したところだった。

「はっ！　アタル殿！　キャロ殿！」

「ん？」

「はいっ」

『ガウッ』

すぐ後方をついて来ていた三人から返事があったことで兵士はホッとする。

「さすがです。本気で移動してしまったので、みなさんを置いてきてしまったかと……」

「まあ、あれくらいなら大丈夫だ」

「ですねっ」

『ガウッ』

アタルたちが本当になんでもないような反応をするため、兵士の頬《ほお》には一筋の汗《あせ》がつたっていた。

「そんなことより、ギルドマスターに話を通しておかないとなんだろ？　早速《さっそく》案内頼む」

「しょ、承知しました！」

アタルたちがギルドの中に足を踏《ふ》み入れると、話を聞きつけた多くの冒険者《ぼうけんしゃ》が集まり、今回の依頼に参加するかどうか話し合っていた。

既に竜《りゅう》が北の森を滅ぼした話は知《し》れ渡《わた》っており、竜討伐《とうばつ》は依頼として発布されていた。

「すまない、ギルドマスターがどこにいるか教えてもらえるか？　緊急《きんきゅう》の用事だ」

冒険者でごった返している中、アタルはギルドマスターのエルトラムの居場所を受付《うけつけ》嬢《じょう》に確認する。

「王の命によってまいりました。緊急の用件です」

アタルの質問に怪訝《けげん》な顔をする受付嬢だったが、兵士がアタルの言葉に補足をしたためすぐに居場所を教えてもらえることとなった。

「エルトラム様ならあちらにおります。どうぞカウンターの中にお入り下さい」

その姿はカウンターの奥《おく》の部屋にあり、一人の冒険者と話をしていた。

カウンターの中に入ったアタルたちは、周囲の注目を浴びながら奥の部屋へと向かって言う。

「エルトラム様、お話し中すみません。王からの命で少し話したいことがあるのですが、よろしいでしょうか？」

「王様から……わかった、話を聞こう。フェウダー、少し部屋の外で待っていてくれ」

兵士が声をかけると、ギルドマスターのエルトラムはフェウダーと呼んだ冒険者に外に出るよう促す。

「……わかった」

チラリとアタルたちを見てから返事をしたフェウダーは部屋の外で待機する。

「それで話というのはそちらの彼らと関係あるのかね？」

状況から推測して、そんな質問をするエルトラム。

獣人族《じゅうじん》の国において、人族でありながらギルドマスターを務めるエルトラムはゆるぎない強い意志と覚悟《かくご》を持っているように見える。

ブラウンの髪《かみ》をオールバックにしていて、日焼けした肉体は強靭《きょうじん》といえるほどではないが、しかしながら彼からはギルドマスターを務めるに足る何かを感じ取れる。

「そうです、そして今回の竜による北の森襲撃《しゅうげき》への対策にも関係しております」

「ほう……」

彼は鋭《するど》い眼差《まなざ》しでアタルたちを射貫《いぬ》くように見ていく。

アタルたちの実力を察しているようで、整えられた顎《あご》ヒゲを撫《な》でて興味深そうに観察している。

「この方々はアタルさん、キャロさん、バルキアスさんと言って冒険者とそのお仲間です。そして、近頃《ちかごろ》街で頻発《ひんぱつ》していた誘拐事件の犯人である誘拐団の壊滅《かいめつ》の立役者！　その実力を見込んで、王より今回の竜退治に参加してもらうようにとのことです」

「俺がアタルだ。一応とある街を魔物たちが襲撃したスタンピードを乗り切り、ギガントデーモンを倒《たお》したこともある。その戦いにはこっちのキャロも一緒《いっしょ》に参加している。ある国では暴走した騎士を止めたこともある」

自己紹介《しょうかい》がてらアタルは公《おおやけ》にできる実績を話す。

「なるほど……」

その説明を聞いたエルトラムは一度目を閉じてから、眼《め》を開ける。

「魔眼《まがん》？」

アタルが持つものとは別種の力を持つ魔眼。エルトラムの双方《そうほう》の眼が水色に輝《かがや》いている。

「あぁ、私のこの眼は相手が持つ力量をオーラという形で見ることができるのだが……こ、これはすごい。君たち、そちらのバルキアス君を含めて三人ともが強力なオーラを持っている。このオーラ量はSランク冒険者のそれと同等だ……特にアタル君、君の力はとんでもないな。今まで見てきた冒険者の中でもダントツのオーラ量だ……Sランク冒険者でも上位かそれ以上ではないか？」

魔眼を発動しながらエルトラムは湧《わ》き出《で》る高揚《こうよう》感を抑《おさ》えるようにしてそう語る。

この世界では倒した魔物の力を身に宿し、力が成長していく。

アタルはスタンピードで大量の魔物を倒した。玄武、白虎の魂《たましい》にとどめをさしたのもアタルである。

その他諸々《ほかもろもろ》、数えきれないほどの魔物を倒してきた。

ゆえに、彼の力は既に常人のソレを遥《はる》かに凌駕《りょうが》していた。

「まあ、それなりに戦ってきたからな」

アタルは肩《かた》をすくめながら、大したことではない風に言う。

「さすがだ。フランフィリアさんに聞いていたとおり、いやそれ以上の力を持っているようだ」

「フランフィリア!?」

「な、なんでフランフィリアさんから!?」

フランフィリアといえばアタルとキャロが出会ったあの街の冒険者ギルドのギルドマスターであり、ともにスタンピードを乗り切った二人の魔法《まほう》の師匠《ししょう》でもある。

遠く離《はな》れた街の知人の名前が出たことに二人は驚《おどろ》きを見せる。

その反応を見た、エルトラムはニヤリと笑っている。

これが彼の本来の顔であるらしく、アタルたちが驚いているのを楽しんでいるようだった。

「ふふっ、面白《おもしろ》い反応をみせるね。君たちの情報に関してはギルドマスターの連絡《れんらく》ネットワークという機能を使って聞いていたんだよ。旅が順調であればそろそろこちらの国に来ているんじゃないかとね。もちろん活躍《かつやく》に関しても聞いてはいたが……実際に目の当《まあ》たりにすると、フランフィリアさんと会った時とは比べ物にならないほど成長しているのではないかな？」

「そのあたりは想像に任せる。まあ、実際問題その頃の俺と今の俺を比べることができないから、わからないというのが正しいかもしれないがな」

自分のことは自分でわからないため、アタルは肩をすくめてそんな風に評する。

「アタル様はすごく強くなっていると思いますっ！」

いつも隣でアタルのことを見ていたキャロは、冷静な判断で彼のことをそう評価していた。

「ということらしい」

彼女が言うのであればそのとおりなのだろうと、アタルは言葉を続けた。

「君たちが参加してくれるのは実に心強い。ギルドからも一人先行して行かせるつもりだ。フェウダー！　戻ってくれ」

部屋の外で待機していたフェウダーが再び部屋に戻ってくる。

「紹介しよう。彼の名前はフェウダー。この街に滞在《たいざい》している唯一のSランク冒険者だ。ランクに違《たが》わず、最高の腕《うで》の持ち主だ」

フェウダーは熊《くま》の獣人で、大柄《おおがら》で強靭《きょうじん》な肉体をしており、その背中には彼の身体に見合う巨大《きょだい》な剣《けん》が背負われている。しっかりと守るところには鎧《よろい》を着けているが、動きやすそうである。

「……フェウダーだ、よろしく頼む」

先ほどまでのやりとりが聞こえていたフェウダーは冷たくそれだけ言うと、ジロリとアタルのことを見た。

「フェウダー、彼らは王の命を受けて先に森に向かうらしいから一緒に行ってくれ」

「はあ？　なんで俺がこいつらのお守りをしないといけないんだ？」

信じられないといった雰囲気《ふんいき》で明らかな不満をフェウダーは口にする。

「スタンピードだか、ギガントデーモンだか知らんが、その程度のことをやったくらいで偉《えら》そうにされても足手まといになるだけだろ。あんたの魔眼も曇《くも》ったんじゃないのか？」

どれだけ実績を過去に残していようと、王の命令であろうと、エルトラムの魔眼がアタルのオーラを高く見積もったとしても、実際に実力を見ていないアタルたちと同行することをフェウダーは快く思っておらず、道案内をするなどということはまっぴらだと思っていた。

「実力に関しては戦いの中で見せるとしか言えないな。まあ、俺たちもあんたの実力を見たことがないいんだからお互《たが》い様《さま》だろ」

「なんだと！」

アタルの言葉に苛立《いらだ》ったフェウダーは掴《つか》みかかろうとするが、それより先にアタルが話を続ける。

「なにより！　こんな言い合いをするくらいだったら、さっさと現地に向かって状況《じょうきょう》の把《は》握《あく》、必要であれば討伐《とうばつ》をしたほうがいいんじゃないのか？　急を要する事態なんだろ？」

「ぐ、ぐむむ」

既に報告から時間が経過しており、悠長《ゆうちょう》に構えている余裕はないとアタルは判断している。

その正論を受けたフェウダーは言葉が出ずに唸《うな》っていた。

「ははっ、確かに彼の言うとおりだ。みんなにはすぐに向かってもらいたい。街に向かう竜がいれば先に討伐。そして、先行して詳《くわ》しい状況の把握をお願いしたい。それには少数精鋭の君たちが適任だと思うがどうかな？」

「俺たちは構わない」

「……俺もそれでいい」

アタルが即答《そくとう》し、フェウダーも渋々《しぶしぶ》ながら了承する。

「それはよかった。今回の戦いに参加するものは参加登録をしてもらって、実績が冒険者ギルドカードに登録されていく。倒した数はもちろん、相手が竜ということで、とどめをさせなかったとしても、与えたダメージがカウントされる。そのための魔道具《まどうぐ》を先行組の君たちの分はフェウダーに持たせている。竜との戦いの実績は先行組の君たちのものも登録されるから安心してほしい」

フェウダーは事前にエルトラムから預かっていた魔道具のことを思い出して、微妙《びみょう》な表情をしていた。

「……はあ、わかったよ。ただ出発したら俺は急ぐから、ゆっくり待ってやったりはしないからな」

「あぁ、それで構わない」

「よろしくお願いしますっ！」

返事をする二人を見て、フェウダーはどうにも調子が狂《くる》うなと乱暴に頭を掻《か》いていた。

「話が決まったなら早速二人も手続きをしてもらおう。戦いの実績に応じて報酬が出るので、それが少しでも励《はげ》みになってくれるとありがたい。さあ、カードを出してくれ。手続きをしてこよう」

アタルとキャロが冒険者ギルドカードを取り出すと、エルトラムは受付嬢の一人を読んで手続きをさせる。

ほどなくして受付嬢が部屋へとカードを届けにやってくる。

「さあ、これで依頼の受付は完了《かんりょう》だ。このカードを持って竜種と戦うだけで結果が登録されるので頑張ってくれ」

「もういいだろ、さっさと行くぞ。悠長に構えていて街が襲《おそ》われました、なんてのは勘弁《かんべん》だからな」

フェウダーは一刻も早く駆《か》けつけたい思いが強いらしく、返事を聞かずに足早に部屋を出ていってしまう。

「それじゃ兵士さん、ここまで案内ありがとう。俺たちは先に行くよ」

「ありがとうございましたっ！」

礼を言うとアタルたちもすぐに部屋を出てフェウダーを追いかけていく。

さすがに出発までは待つつもりだったようで、ギルドの外でフェウダーが待っている。

「お前たちも馬は用意してあるんだろ？　すぐに行くぞ」

「あぁ、了解《りょうかい》だ」

アタルはギルドの前に停《と》めておいた馬にまたがり、キャロはバルキアスへとまたがる。

「嬢《じょう》ちゃんはそいつに乗っていくのか……まあいい、出発だ！」

言うとフェウダーは自分の馬を走らせた。

第四話　滅びた北の森

ギルドを出発したフェウダーは北に向かい、街の北門を抜《ぬ》けてそのまま街道《かいどう》を真っすぐ進んで行く。

その速さたるや、先ほどの兵士の比ではなく、まさに全速力といった様相だった。

一時間ほど走ったところで、フェウダーが速度を落とした。

「まずいな、翼竜がこっちに向かって来ている……偵察《ていさつ》なのか、それとも街に向かっているのか」

まだ距離《きより》はだいぶあったが、前方上空に数体の翼竜《よくりゅう》が見えていた。

対応を考えようとフェウダーが止まろうとした矢先、後ろから追いかけていたアタルが声をかけて追《お》い越《こ》す。

「止まるな、進むぞ！」

「なんだと、このまま俺たちが見つかったら他の竜に報告がって……おい！　それはなんだ！　何をしようと……」

アタルは焦《あせ》って追いかけてくるフェウダーの質問には答えず、ライフルを構え、スコープ越《ご》しに狙《ねら》いを定める。

「よし」

そして、アタルは引き金を引いた。

空にいる翼竜の数は四匹《ひき》。対して聞こえた銃声は一発。

しかし、四匹がほぼ同時に落下していった。

「まあ、こんなところか。翼竜程度だったら普《ふ》通《つう》の弾《だん》丸《がん》でもなんとかなるもんだな」

「お、お前、何を？」

アタルが使っているライフルをフェウダーは初めて見る。

そして、豆粒《まめつぶ》より少し大きい程度にしか見えていなかった翼竜をその攻撃《こうげき》によって全て撃墜《げきつい》した。

これはフェウダーのこれまでの常識を覆《くつがえ》すほどの成果だった。

「俺が何をしたのか。それはこのライフルによる遠距離《えんきより》攻撃《こうげき》。恐《おそ》らくこれは俺だけしか持っていない特別なものだ。詳しい仕組みは……まあ、難しいので割愛《かつあい》しよう。とにかく、翼竜が見えてきたら俺が撃《う》ち落《お》とす。それでいいな？」

アタルが確認すると、フェウダーはなんとか頷《うなず》いている。

「あ、あぁ、頼む。長いこと冒険者をやっているがこんなに離れている敵を倒せるやつを俺は知らない。それだけでもお前が特別なやつだということがわかるよ……すまんな、少しばかりお前たちのことを侮《あなど》っていたようだ。ここからは戦力として考えることにする」

フェウダーはここまでの自分の態度を反省して、アタルたちへの認識《にんしき》を改める。

エルトラムの魔眼が出した結果も間違《まちが》いではないのだと。

「任せてくれ。さあ、行こう」

アタルに対してしっかりと頷くと、フェウダーは馬を急がせる。

しばらく進んでいくと、数回翼竜の群れと遭遇《そうぐう》するが、それらは全てアタルのライフルによって撃ち落とされていった。

また更《さら》に進んだところでフェウダーが馬を止める。

周囲には翼竜の姿はなく、森までまだ距離があるような場所だった。

「どうした？　森はまだ見えないし、翼竜の姿はないみたいだが……」

当然アタルもそのことを疑問に思い、馬を止めて質問する。

「もう少し進んでいくと森が見える。このまま近づいて行けば足音や鳴き声で気づかれるかもしれない。それを避《さ》けるために馬はここに置いて徒歩で進むぞ」

こちらが竜種よりも有利な点は、アタルたちが近づいていることは知られておらず、気

づかれずに行動することで不意をつくことができること。

万が一先に気づかれてしまっては、それがひっくり返ってしまう。

そのためにフェウダーは慎重《しんちょう》な判断を下す。

その案にアタルたちも賛成し、馬を降りて慎重に森に近づいて行く。

しつけられている馬は自然と離れていった。

竜に気づかれず、森の全体像を確認できる場所に来たアタルたちは、目の前に広がる光景に唖然《あぜん》としてしまう。

「あれは、酷《ひど》いな……」

「あぁ、俺が知っている森は木々が生《お》い茂《しげ》って綺麗《きれい》なものだったが……」

「焼野原です……」

三人ともが森の跡地《あとち》を見て顔をゆがめていた。

キャロが口にしたように、木々は完全に焼き払われており、竜以外の生き物の生存も考えにくい状況である。

「報告では聞いていたが、こうやって直に確認するととんでもない惨状《さんじょう》だ」

言葉で聞いただけでは、こんな状況を想像しづらい。それほどに酷いものだった。

「……とにかく、おおよその数を確認してくる。二人はここに隠《かく》れていてくれ」

「お、おい、ちょっと……」

待てと続けたかったフェウダーだが、アタルがひょいひょいと移動していってしまうため、その声は届かなかった。

アタルは気配を消すマントを身に着けると森の全体を確認できるところまであっという間に移動していき、そこで姿勢を低くするとライフルのスコープ＋魔眼で魔物たちの姿の確認をしていく。

（翼竜が……四十は超えているな。あの赤いやつは炎《ほのお》の竜か？　それが五匹）

鱗《うろこ》が赤く、背ビレの部分が炎で燃えているのが見える。

（青いのが氷で黄色が雷《かみなり》、それが三匹ずつだな。属性竜《ぞくせいりゅう》は全て地上か……あっちの奥にいるやつは黒いな）

属性竜が三種、そして森があった場所の中央にいる黒い竜はひと際サイズが大きい。

それに間違いがないか、再度確認を終えるとアタルはキャロたちのもとへと戻っていく。

「どうだった？」

戻るなりフェウダーから質問が飛んでくる。

「翼竜が空に四十以上、地上には赤い竜が五匹、青い竜が三匹、黄色の竜が三匹」

ここまでの情報を聞いてフェウダーは難しい表情になる。

「属性竜が合計で十以上いるのか。あいつらのブレスは強力だからなあ。戦闘力《せんとうりょく》もかなり高い。だが、まあお前がいれば翼竜はなんとかなる。それに属性竜も俺がいればなんとでもなるだろ」

フェウダーは彼我《ひが》の戦力を考え、更に今後やってくる増援《ぞうえん》がいることから、なんとかなるだろうと算段をつける。

「あと、黒いデカイ竜が森の中央あたりにいる」

「……はあっ!?」

しかし、最後の報告を聞いたフェウダーは大きな声で驚き、口を大きく開けている。

キャロも驚いているようで、口元に手を当てていた。

「ん？　黒い竜がいると何かまずいのか？」

アタルは一匹の竜がそれほど戦況《せんきょう》に大きな影響《えいきょう》を与《あた》えるのかと疑問を口にする。

「は、はい、あの黒竜《こくりゅう》というのは他《ほか》の竜種よりもかなり凶暴《きょうぼう》で、戦闘力も翼竜はもちろん、属性竜のソレよりもかなり高いと言われています。鱗も硬《かた》く、ダメージを通すのは通常の攻撃ではなかなか厳しいかと……」

キャロは驚く気持ちを抑えながら竜についての知識を思い出す。

つまり、フェウダーのようなSランク冒険者であるならまだしも、それよりも弱いランクの冒険者では傷一つつけられない可能性が高い。

戦いになればフェウダーの相手は黒竜になる――ということは先ほどのフェウダーが考えた属性竜を彼《かれ》が相手するという案は使えなくなってしまう。

「あぁ、それだけ強い黒竜だが、恐れられる最大の要因がブレスだ。属性竜もブレスは使って来るが、それは使う属性に合わせて対処することができる。だが、あいつのブレスはヤバイ。どんな属性でも弱点にならない。まともに受けたら、受けた場所が呪《のろ》われる」

剣、盾《たて》、鎧、どれで受けてもそのすべてが呪いによって使い物にならなくなってしまうという厄介《やっかい》なブレスだった。

「そいつは、やばいな……効果がありそうなのは光属性か？」

アタルも黒竜の危険性を認識して、頭の中で効果的な弾丸がどれになるか考えていた。

「いや、これは参ったな。俺が全力で突っ込んでいけばなんとかなるかと思っていたが、その種類となるとそういうわけにもいかないいな」

腕を組んで悩《なや》むフェウダーを見たアタルとキャロは思わず顔を見合わせる。

まさかSランク冒険者であるフェウダーがそんな脳筋なことを考えているとは思ってもいなかった。

考えなしで動かれては困るため、アタルは釘《くぎ》をさすために発言する。

「……とりあえず状況確認《じょうきょうかくにん》ができたから、あとからやって来る冒険者と騎士団にそれを伝えよう。人数がいればなんとかなるはずだ。それと、先に作戦を考えておこう。作戦はフェウダーが立案したということにしたほうがいいな」

「ん？　なんでだ？　お前が考えた作戦だったらお前が説明したほうが早いだろ？」

遠回りなことをしようとするアタルに対して、フェウダーが首を傾《かし》げる。

「いやいや、あんただって最初は俺たちのことを良く思っていなかっただろ？　それは実績がないし、力を見たわけでもなかったし、ランクも低いからだ。そんな俺が作戦を考えて説明をしたとして、まあ騎士団はいいかもしれないが、冒険者たちが納得《なっとく》するとは思えない」

その説明を聞いたフェウダーは自分の態度を思い出し、気まずそうな表情で頬《ほお》を掻いている。

「というわけで、作戦を考えるぞ。敵は大別すると空飛ぶ翼竜《よくりゅう》たち、地上の属性竜、それからあの黒竜の三つに分けられる」

一本ずつ指を立てながらアタルが整理していく。

「ですねっ。混戦になると危険度は上がるので、それぞれが離れて戦ったほうがいいと思いますっ」

ぐっと拳《こぶし》を握《にぎ》って力強く頷いたキャロも自分の考えを発言していく。

思っていた以上にフェウダーが頼《たよ》りにならなそうなため、自分がアタルの役に立たねばと考えている。

ちなみに、バルキアスは長話の気配を感じ取り、キャロの傍《そば》にぴったりとくっついて丸くなると寝《ね》ていた。

「翼竜は一番弱いが、数が多い上に空から攻撃をしてくる。地上で属性竜と戦っている間に空から急襲《きゅうしゅう》されたらきつい。だから、あいつらは俺《おれ》が全て倒す。フェウダーは俺が翼竜を倒したのは見ていたはずだ。そこを引き合いに出してあんたが説明してくれたら説得力があがるはずだ」

アタルのこの案にフェウダーも頷いている。

ここに来るまでに翼竜を倒すところは何度も見ており、アタル以上に翼竜を安全に倒す方法が思いつかないため、反対する理由がなかった。

「次に、属性竜に関しては他の冒険者と騎士《きし》に任せたいと思う。魔法を使えるやつもいるだろうからブレスにも対処しやすいだろ。それに、騎士団レベルの装備だったら属性竜と十分渡り合《あ》えるはずだ。連携《れんけい》は……協力して頑張《がんば》って下さいってことで」

これにも反論はなく、キャロとフェウダーが頷く。

しかし、ここでフェウダーは一つの事実に気づく。

「ここまでの作戦はいいと思う。いいと思うが……もしかして、黒竜は俺一人がやるのか？」

強力な敵だと話したばかりだというのに、それをフェウダー一人になんとかしろというのは容赦《ようしゃ》なさすぎるのではないかと不満そうな顔をしている。

「いいえ、私とバル君が一緒に戦いますっ！」

ここでキャロが手をあげる。

キャロがアタルを見て視線で確認《かくにん》し、アタルは頷いて返した。

「そういうことだ。黒竜の実力はわからないが、キャロとバルキアス、そこにフェウダーがいればなんとかやりあえると思う。それに、あんたはSランクなんだろ？　以前元Sランクっていうやつと会ったことがあるが、とんでもないやつだった。だからフェウダー、あんたにも期待しているよ」

ふっと薄《うす》く笑ったアタルはあえてフェウダーを煽《あお》るように言う。

「ははっ、そこまで言われちゃあな。わかった、Sランク冒険者の実力を見せてやるさ。黒竜は俺たちでなんとかしよう。キャロにバルキアスだったな、お前たちにも期待しているぞ！」

「もちろんですっ！」

『ガウッ！』

フェウダーが拳を前に突《つ》き出《だ》して、キャロもそれに拳を合わせ、バルキアスも右の前足を出す。

「俺も」

そこにアタルも同じように拳を突き出した。

「翼竜の討伐が終わったら他の戦いにも加勢する。属性竜のほうから加勢することになるだろうが、その後にはいくから、なんとか持ちこたえてくれ」

「はんっ、持ちこたえる？　お前が来る頃《ころ》には倒しているさ。なあ？」

「はいっ！」

『ガウッ！』

フェウダーはアタルの言葉を一笑《いっしょう》すると、発破をかけるようにキャロたちに声をかけ、二人も笑顔で返事をする。

「それは心強い。あとはみんなが来るのを待ちだ。それまで……」

「それまで？」

「――休んでいよう」

アタルはそう言うと横になってバルキアスの身体を枕《まくら》にする。

「私も休みますっ」

『バウッ』

自然な流れで休憩《きゅうけい》に入る三人をフェウダーはしばし呆然《ぼうぜん》としながら見ていた。

「こ、こいつら。一体どんだけ修羅場《しゅらば》をくぐっているっていうんだ。あれだけの竜種が近くにいるっていうのに、本気で寝てやがる……」

これまでに様々な魔物《まもの》と戦ってきたフェウダーだったが、今回の竜との戦いは気安く臨《のぞ》めるものではなく、どこか緊張《きんちょう》していた。

「はあ、俺も休んでおくか……」

しかし、アタルたちを見ているとそんな自分が馬鹿《ばか》らしく思えてきたため、腰《こし》を下ろして休憩をとることにした。

しばらくするとエルトラムたち冒険者軍団と騎士団がやってきた。

「これは……」

「どういうことでしょうか？」

エルトラムと騎士隊長は寝転《ねころ》がっているアタルたちを見て首を傾げていた。

「ん……あぁ、到着したか。キャロ、バル、フェウダー起きろ。みんな来たぞ」

「ふわあっ……失礼しましたっ。みなさんがやってきたなら、戦いの開始ですね」

「くわあ、いい休憩になった。お前たちが来たなら、早速作戦の説明をさせてもらおうか」

フェウダーは目覚めるとエルトラムと騎士隊長の顔を見てニヤリと笑う。

「あ、あぁ、それは助かるが……フェウダーが考えたのか？」

フェウダーの性格と能力を知っているエルトラムは、彼の発言に驚きと疑問を覚える。

「あー、まあそういうことにしておいてくれ」

本人もそう言われることに身に覚えがあるため、こんな答えを返すにとどまる。

ただ、視線だけはアタルを見ていた。

「なるほど、そういうことか。わかった、早速説明をしてくれ」

エルトラムは作戦の立案者がアタルだとわかった上で、なぜアタルの名を出さないのかも理解し、話を進めることにする。

「こちらも了解です」

騎士隊長もフェウダーのことを知っており、アタルのことも聞いているため、納得して作戦を聞くことにした。

翼竜を倒す方法、属性竜を誰が倒すか、そして黒竜をどうするのか。

フェウダーによる作戦の説明を聞いた二人は、難しい表情になる。

「それは……本当に可能なのか？」

「現実味のない作戦であるような気が……」

二人の視線はアタルに集まっている。

「翼竜は確実に俺が倒す。ここに来るまでに翼竜の死体を見なかったか？　あれは全《すべ》て俺が一人で倒した」

この説明を聞いた二人は、今度は確認のためフェウダーの顔を見る。

「ん、アタルの言うとおりだ。翼竜は全てアタルが倒している。しかも、超遠距離《ちょうえんきょり》からの攻撃でな。恐らくここからでも翼竜に攻撃が届くんじゃないか？」

再び二人はアタルに視線を戻《もど》す。

「あー、まあ届くかな。ただ一撃《いちげき》で倒すにはもう少し近づきたいところだな」

アタルの答えを聞いた二人は岩陰《いわかげ》から空を飛んでいる翼竜の姿を確認する。

「ええっ？　あれだけ離れているのに攻撃が届くのか？」

エルトラムは未《いま》だ信じられないという顔をしている。

「信じられませんが、フェウダー君が嘘《うそ》をつく意味がないですね」

しかし、騎士隊長は信じられないが納得しているようだった。

その二人に対してアタルとフェウダーが二人揃《そろ》って頷く。

「……まあ、そういうことならその作戦でいこう」

「そう、ですね。冒険者、騎士団《きしだん》の双方から数人、上空を気にさせながら属性竜と戦ってもらいましょう。翼竜が倒されればそれでよし、それができなくても注意を払《はら》っていればなんとかなるでしょう。それよりも、黒竜のほうはいけるんですか？」

今度はキャロ、バルキアス、フェウダーの黒竜戦闘《せんとう》組に視線と質問が飛ぶ。

「私とバル君は大丈夫《だいじょうぶ》ですっ。どれだけ強い相手だとしても私たちの連携と動きの速さであれば戦うことはできます。どんな相手だとしても。攻撃手段も……はい、なんとかなると思います」

「俺のほうは問題ない。わかっているよな？」

こちらの答えも予想通りであり、これ以上言っても仕方ないと二人は諦《あきら》めた。

「わかった、それじゃあ今回はその作戦通りでいこう。先行した君たちの戦闘《せんとう》結果が作戦のほとんどを占《し》めるが、信じるしかないだろう」

「そうですね、敵の数を調べたのも彼らですし、王も大臣もアタル殿《どの》たちを信頼《しんらい》しているようですから……私は仕える上官の判断を信じたいと思います」

責任者である二人が作戦を了承《りょうしょう》したことで、今回の戦いの方針が決まった。

「冒険者《ぼうけんしゃ》の説得は私が」

「では、騎士団を説得するのは私ですね。さあ、我々の仕事をしましょう」

二人はそれぞれのチームに作戦を説明していく。

それを聞いた冒険者は不満を口にする。

「おい、今回の依頼《いらい》は残した結果で評価が変わるんだろ？」

「そうだ！　報酬《ほうしゅう》に関係してくるのに、あんたらが勝手に考えた作戦に従えっていうのかよ！　俺たちだって、数をこなさせろ！」

「黒竜を討伐したら評価はもちろん、名誉《めいよ》にもなるじゃないか！」

とにかく数をこなすために翼竜を倒したい者、結果を残したい者、上位個体と戦いたい者など、それぞれの要望を口にして文句を言う。

「わかった、わかったから一度黙《だま》れ！　それほど言うなら聞いていくぞ！　まずは翼竜についてお前らに質問する！　お前たちの中で遠距離《えんきより》にいる翼竜を一撃で倒せる者はいるか？　同時に複数体倒せる者はいるか？」

その質問に不満を口にしていた冒険者は静まり返る。

「ここに来るまでに翼竜の死体が転がっているのをお前たちも見ただろ？　誰《だれ》が倒したと思う？　先行させた冒険者だ！　この中にいる誰か、同じ結果を出せる者がいれば名乗りをあげろ！　翼竜はそいつに全て任せる！」

エルトラムが怒鳴《どな》りつけるように質問し、冒険者の顔を順番に睨《にら》みつけていく。

しかし、誰も手を挙げるものはいなかった。

「よし、ならば翼竜についての文句は却下《きやつか》だ！」

そう言い放つとエルトラムは次の質問をするために一人の冒険者を見た。

「お前は黒竜と戦いたいと言っていたな？　Sランク冒険者のフェウダーとともに戦えるだけの実力があるのか？」

エルトラムの質問にその冒険者は黙ってしまう。

「他に、フェウダーと並んで戦える自信のある者はいるか？」

これにも全員が黙り込む。

「今回フェウダーとともに戦うことになった、あの少女」

エルトラムが離れた場所で待機しているキャロを指さす。

「彼女《かのじよ》は私に黒竜と戦うことになるが大丈夫なのかと質問した私に答えた。大丈夫だと、戦えると、なんとかなると……ここにいる冒険者のほとんどよりも年若い彼女がそう答えたんだ！　そう言える根拠《こんきよ》が彼女にはある！　少し質問しただけで黙り込むような者が黒竜と戦えるとはよく言ったものだな！」

獣人《じゆうじん》の国において、獣人の冒険者が多くいる中でエルトラムは同じ冒険者として恥《は》ずかしくないのかと叱咤《しった》する。

これができるからこそ、彼はこの国でギルドマスターという地位につけていた。

「……お前たちの気持ちもわかる。結果を残したいという思いがな。だが、安心しろ！　既《すで》に説明はしたが、魔物に与えたダメージ量も評価される……属性竜を倒《たお》したあとは、自由に戦っていい！　その時こそは、翼竜を、そして黒竜を倒すためにみなの力を貸してくれ！　みんなの力が、必要だ！」

エルトラムの言葉は自信を失いかけていた冒険者たちに勇気を与える。

今となっては冒険者から不満も文句も消え去っていた。

一方で騎士団は統制が取れている集団であるため、騎士隊長の説明を受け入れて、自分の役割を全《まっと》うするために考えている。

各チームへの説明を終えた二人がフェウダーのもとへ戻り、参加メンバーへと向き直る。

「さて、翼竜はまだしも他の竜種は気配に敏感《びんかん》だ。動き出したら戦いは止められない。一気に動くこととなる。みな、覚悟《かくご》を決めよ。作戦に納得していない者もいるだろうが、責任は我々が全てとる。戦いが終わった時に、それでも不満があれば我々にぶつけてくれ。みんな、いくぞ！」

エルトラムの演説に冒険者も騎士も全員が無言で頷いた。

「さて、それでは開始はフェウダーたちに任せよう。そちらのタイミングで動いてくれ。黒竜を相手にする君たちが先方隊だ」

黒竜と戦うキャロ、バルキアス、フェウダーが一番奥《おく》に向かう必要があるため、先行することになる。

「あぁ、任せておけ。俺たちは属性竜を無視して奥に行くから、お前たちもすぐにあとについてきてくれよ！　キャロ、バルキアス、準備はいいな？」

フェウダーの問いかけに二人は頷く。

「それじゃあ……戦闘開始だ！」

そう言うとフェウダーは走り出した。

彼の身体能力は高く、あっという間に待機場所から離《はな》れていく。

「バル君！」

『ガウッ！』

キャロたちも既に動き出しており、フェウダーと同じ速度で走っていた。

「さて、俺も動くか」

アタルは横に移動して、別の岩陰を目指していく。

そこに滑《すべ》り込むとすぐに照準を翼竜に向けた。

（竜がキャロたちに気づくまであと数秒…………いまだ！）

フェウダーは自分に注目させるために、途中《とちゅう》から気合を入れるような声をあげながら走っていた。

その目論見《もくろみ》通り、全ての竜の視線が彼に集まっている。

それと同時にアタルが引き金を引いた。

ライフルで五発弾丸を発射し、それら全てが翼竜の頭部を貫《つらぬ》く。

道中では通常弾《だん》を使用していたが一発で倒せない個体もいたため、今回は貫通弾《かんつうだん》を使用して確実に頭部を貫いていた。

「す、すげえ」

神速ともいえる速さで突っ込んでいった三人、五匹の翼竜をあっという間に倒したアタル。

どちらも冒険者と騎士の常識を超《こ》えるものであるため、みんな驚《おどろ》き感心している。

「お前たち、感心している場合じゃないぞ！　我々も突撃《とつげき》だ！」

「みんなも見惚《みと》れているな！　彼らにだけ戦いを任せるつもりか！　全力で突っ込んでいけえええええ！」

力強いエルトラムと騎士隊長の鼓舞《こぶ》によって、全員が動き出す。

「さて、俺は移動しないとな」

五匹の翼竜を倒したアタルは次の岩陰を目指して移動している。

同じ場所に待機していては、翼竜が次々に降下してくる可能性がある。

ゆえに位置を変えることで、居場所が分からないようにして混乱させようとしていた。

「ほれ、次だ」

そして、移動した先で再び五匹の翼竜を倒す。

それを終えると次に移動して姿を隠す。

そこで再度翼竜に攻撃、移動して姿を隠す。

ここまでくると数匹《すうひき》の翼竜がアタルの姿を視認《しにん》しており、真っすぐに彼を狙って降下して行く。

一体は貫通弾で倒すことができたが、アタルが頭部を狙っているのも翼竜は理解しており、動きに変化をつけながら飛行することでその狙いを妨害《ぼうがい》している。

「なるほど、一番弱い竜種とはいえ翼竜は頭がいいな」

そう呟《つぶや》くとアタルはライフルを格納して二丁のハンドガンを取り出した。

「さあ、来い！」

合計で二十四匹の翼竜がアタルに向かって飛んでくる。

「危ないっ！」

「やばいぞ！」

その様子を見ていた冒険者たちは焦ったように声をあげるが、アタルは動じることなく銃《じゅう》を構えている。

「ちょうどいい数だな。もう少し引きつけて……いけ」

距離が詰《つ》まってきたところで、ハンドガンの引き金が引かれる。

弾丸は翼竜の額に見事命中し、力尽《ちからつ》きたそれらはぼとぼとと落下していく。

一発で一匹を確実に倒していく。

片方六発、二丁で十二発の弾丸を撃ち終わる。

つまり、同じ数、十二匹の翼竜がアタルの弾丸によって命を奪《うば》われた。

「リロード！」

弾丸が再装填《そうてん》されたところで、次の十二匹がアタルに迫《せま》る。

「ははっ、よくここまで距離を詰めて来たじゃないか」

次々に襲い来る翼竜に高揚《こうよう》感を覚えたアタルは薄く笑うと、翼竜の突撃をステップで回《かい》避《ひ》し、避けながら頭部に弾丸を放ち、次々と撃ち抜いていく。

「まず二匹、おっと次の二匹」

あっという間に四匹の翼竜が撃ち落とされる。

「次の二匹、次、次。それから、最後の二匹！　これで終わりだ」

ハンドガンから最後の弾丸がそれぞれ発射され、あっという間に全ての翼竜が地に落ちることとなった。

「ふう、これで俺の一つ目の仕事は終わりだな。次は援護《えんご》だ」

上空に翼竜の姿がないのを確認すると、再び武器をライフルに変更《へんこう》してスコープを覗《のぞ》き込む。

「キャロたちは……うまくやっているな」

正面からフェウダーが、左右にキャロとバルキアスが位置取りをしている。

フェウダーに攻撃が集中したところで、左右の二人が攻撃に転じて意識を逸《そ》らせる。

意識をうまく分散させ、最も危険視しているブレスを撃たせないようにしている。

「あっちのほうもなんとかなっているみたいだ……おっと、危ない」

属性竜との戦いも、冒険者と騎士団が協力して互角《ごかく》に渡《わた》り合っていた。

中には実力で劣《おと》る者もおり、ピンチになるが、そこはアタルがライフルで援護する。

スタンピードの際にキャロを援護したように、竜の動きを制限し、意識を逸らすことで冒険者と騎士団が戦いやすいようにしている。

混戦であるため、強力な弾丸を撃ちこむわけにもいかず、援護のみにとどまっている。

それでも戦闘開始時よりも格段に楽になっており、属性竜たちが徐々《じょじょ》に押《お》し込まれ、全体的に押している状況《じょうきょう》となる。

そのタイミングで冒険者の一人が思わず口走ってしまう。

「いける！　これなら勝てるぞ！」

誰もが思っていたこと……このままいけば倒せる！　これなら勝てる！　勝利は近い！

これらに類する言葉を頭に思《おも》い浮《う》かべていた。

しかし、それを口にした途端《とたん》、急に叶《かな》わないことなのではないか？　という気持ちが生まれてきてしまう。

『GUOOOOOOOOOOOOOOOOOOO！』

誰かの胸によぎったそんな不安が呼び寄せてしまったのか、それとも元々やってくるはずだったのか。

今となってはわからないが、ソレは彼方《かなた》の空より飛来してきた……。

額に宝石をつけた、新たな黒い竜。

これまでの竜たちとは明らかに格が違《ちが》う強大な力をこの場にいる全員が感じ取っていた。

【精霊郷《せいれいきょう》】

『この力は……まずい、まずいぞ！』

彼は何かを感じ取って焦りを覚えていた。

『もう私の力は精霊《せいれい》として十分なものなのであろう？』

そして、自分の現状を誰かに尋《たず》ねている。

『ふむ、もう少しいてもらおうとも考えていたが……いいだろう。お前の能力は元々かなり高いものだ。お前が主と決めたものの力になってやるといいだろう』

彼の問いかけに答えたのは、今回の修業《しゅぎょう》を導いた者である。この精霊郷の長であるその大精霊は彼の力を認め、試練を与え、それを乗《の》り越えさせた。

『世話になった。助かった、これで力になることができる。今こそ、今だからこそ私の力が必要になるはずだ』

アタルたちがどんな状況にあるのか、細かいことまではわからないが危険な状態にあることだけはわかっている。

アタルの窮地《きゅうち》に駆《か》けつけたい、間に合わなければ自分がいる意味がない。そう考えていた。

『どうすればいい？』

しかし、その方法がわからない、もどかしい、なんとかしたい。そんな気持ちが彼の胸を締《し》め付《つ》ける。

『ふむ、なれば心からその者に呼びかけるのだ。契約者《けいやくしゃ》として繋《つな》がっているなら、声が届くはずだ。そして、その者にお前の名前を呼ばせるのだ』

『承知した……』

そう返事をすると、彼は目を閉じてアタルとの繋がりを意識して、強く強く呼びかける。

第五話　オニキスドラゴン

『GUOOOOOOOOOOOOOOOO！』

　空から降りてきたその竜は着地と同時に周囲に音波を発するほどの大きさでひと鳴きし、他の竜たちに活をいれる。

　誇《ほこ》り高《たか》き竜種がだらしのない姿を見せるなと。

　その活は形だけのものでなく、事実、竜たちの能力を強化していた。

「オ、オニキスドラゴン……‼」

　正体を知っていたエルトラムが名前を口にする。

「知っているのか、エルトラム！」

　いつの間にかアタルが傍までやってきて問いかける。

「あ、あぁ、あれはただの黒竜とは違う。額に宝石があるのが特徴《とくちょう》で、世界に七種しかいないといわれている宝石の名を冠《かん》する竜のうちの一体。それがあのオニキスドラゴンだ。ただの黒ではなく輝《かがや》く黒。誰かに作られたとも、神に生み出されたともいわれている最強の竜だ」

エルトラムがオニキスドラゴンのことを説明していると、当のオニキスドラゴンがジロリと人間たちを睨みつける。

『貴様らが……貴様らがあああああああ！』

先ほどの怒《いか》りに任せた咆哮《ほうこう》ではなく、人に理解できる言葉で大きな声を威圧《いあつ》とともに放つ。

冒険者の中でも実力の低いものはその威圧に気圧《けお》されて動きがとれなくなってしまった。

『死ねえええええええええ！』

次に聞こえた声は、オニキスドラゴンが攻撃《こうげき》に転じる合図だった。

「ま、まずい！　あれはブレスだ！」

嫌《いや》な予感にエルトラムが気づいて焦《あせ》った声をあげる。

強力な魔力《まりょく》がオニキスドラゴンの口元に集まっていく。

フェウダーの話では黒竜のブレスは強力で危険だということだった。

実力で黒竜を遥《はる》かに上回るオニキスドラゴンのブレスが吐《は》き出されれば、一気に全滅《ぜんめつ》というのもありえる話である。

「くそっ！」

冒険者も騎士団も意気が上がった属性竜との戦いに必死になっている。

キャロ、バルキアス、フェウダーは黒竜との戦いで手一杯《ていっぱい》である。

となれば、今動けるのはアタルしかいない。

アタルの判断は早く、オニキスドラゴンがブレスを吐こうとしている直線状へと移動すると、ライフルを構えた。

「姿と魔力の質から考えて、闇《やみ》属性、それもとてつもなく強力なやつだな」

魔眼《まがん》でオニキスドラゴンを確認した結果、アタルはその属性を把握《はあく》していた。

「これで防げるといいんだが……」

アタルが考えている間にもオニキスドラゴンの魔力は高まっていき、いつ発射するともしれない状況である。

「いけえ！」

アタルが放ったのは光の魔法弾《まほうだん》。

玄武《げんぶ》の力で強化できればよかったが、アレは一発撃《う》つのに時間がかかってしまうため、連射には向かない。

緊急《きんきゅう》事態である今回には即《そく》さないものである。

アタルが選択《せんたく》したのは防御《ぼうぎょ》のためのものであり、光の魔法弾によって空中に魔方陣《まほうじん》を作り出して、ブレスを受け止めようとしていた。

『GUUOOOO！』

オニキスドラゴンはあえてその魔方陣に向かってブレスを放つ。

その程度の力で止められると思っているのか？　という嘲《あざけ》りと、怒りの思いからの行動である。

空中で衝突《しょうとつ》する魔方陣とブレス。

すさまじいブレスの勢いとアタルの魔方陣が激しくぶつかり合う。

一見拮抗《きっこう》しているように見えるが、すぐに綻《ほころ》びが見える。

アタルが作り出した魔方陣に徐々にヒビが入っていくが、ブレスは勢いが衰《おとろ》えない。

「こいつは……まずいな」

仮に補強のための弾丸《だんがん》を撃ってもツギハギになってしまうため、効果は薄い。

魔方陣を数枚作り出したとしても多少の時間が稼《かせ》げるだけで、大した効果はない。

決定打が見つからないため、アタルの頬《ほお》を汗《あせ》がつたう。

「ダメ、かもしれないな」

この世界に来て、初めてかもしれないアタルの弱音。

数秒後には魔法陣《まほうじん》が完全に砕《くだ》け散《ち》り、ブレスがアタルを含《ふく》めて、今ここにいる面々を飲み込んでいく。

(唯一《ゆいいつ》の救いはキャロたちがブレスに飲み込まれないってことか)

そんなことを考えているアタル。

走馬灯《そうまとう》のようにこれまでの思い出がよみがえってくる。

キャロ、バルキアス、これまでに会った人々。

そして、最後に思い浮かんだのはキャロとは別の、契約《けいやく》をしたパートナー。

(あいつは今頃《いまごろ》なにをしているんだろうな……)

そんなことを思った瞬間《しゅんかん》、脳内に声が響《ひび》き渡る。


【まだだ！　アタル殿、我の名を呼べ！】


懐《なつ》かしいその声は、諦めかけていたアタルの心を強く揺《ゆ》さぶった。

「わかった……来い、イフリアアアアアアァ！」

『おおおおおぉ！』

アタルの頭上の空間にバリバリと裂《さ》けるようにして大きな穴が空き、そこから本来のサイズでイフリアが姿を現した。

『ぬおおおお！』

イフリアは出現したと同時に魔力を集中させて大きなブレスを吐き出し、オニキスドラゴンのブレスを相殺《そうさい》する。

アタルはその結果を見て笑顔《えがお》を見せる。

懐かしく、頼《たの》もしい、ピンチを救ってくれたイフリア。

長らく別行動をとっていたからこそ、その姿を見られたことが嬉《うれ》しかった。

「イフリアさんっ！」

『ガウッ！』

同じく久しぶりにその姿を見たキャロとバルキアスも嬉しそうに声を出す。

戦闘中ではあったが、頼もしい仲間が帰ってきたことを喜んでいた。

一方で、その他《ほか》の面々は驚きを隠《かく》せない。

「何もないところから竜が現れた⁉」

「あれは、味方なのか？」

「オ、オニキスドラゴンのブレスを止めたぞ！」

「……はあっ？」

「いやいや、意味がわからん！」

「さすがアタル殿ですな」

冒険者も騎士も口々にありえない状況に驚いている。

中にはアタルならこれくらいはありえるのだろうと悟《さと》っている者もいる。

彼《かれ》らは動きを止めて隙《すき》だらけになっているが、動きが止まっているのは相手の竜たちも同様だった。

オニキスドラゴンのブレスを止めるものがいることが信じられない。

突然謎《とつぜんなぞ》の竜が現れたことが信じられない。

それが人の味方をしているのも信じられない。

何もかも信じられないことだらけで混乱し、動きが止まっていた。

オニキスドラゴンの登場で竜側に傾《かたむ》いた流れ。

イフリアが登場したことで、今度は流れがアタルたちのものになっていた。

『貴様ら、臆《おく》するな！　あやつは私が倒す！』

その流れを引き戻すようにオニキスドラゴンが他の竜たちを鼓舞する。

ここから戦いは大詰《おおづ》めに向かっていく……。

第六話　それぞれの戦い

【冒険者・騎士団連合軍　VS　属性竜】

こちらはエルトラムがメインで指揮をとって戦っていた。

「防御力《ぼうぎょりょく》の高い騎士《きし》が前方からの攻撃を防いで、冒険者たちは側面から攻撃をするんだ！　魔法使《まほうつか》いタイプは冒険者たちが離れたところで一気に魔法《まほう》を撃ちこめ！」

騎士隊長は前線で竜と戦っているため、総指揮はエルトラムがとっている。

魔眼によってそれぞれの力量がわかるため、どこに配置すればいいかを逐次《ちくじ》判断しながら行っている。

ギルドマスターとして自国の冒険者の能力はある程度把握しているため、魔眼と組み合わせて最適な配置を指示していた。

「冒険者Ａは集中して一体を倒せ！　騎士団Ｃもそちらに向かうんだ！」

ＡからＥに分けてチーム編成をしており、各チームの特徴をエルトラムは把握している。

「冒険者D、Eは怪我人《けがにん》の退避《たいひ》、そして同じ担当の者は入《い》れ替《か》わるように！」

いくつかのチームはサブとして、疲労《ひろう》や怪我《けが》をした場合に入れ替わることで、常に竜に対して一定以上の戦力を用意できるようにしている。

「こっちは順調だが……まさかオニキスドラゴンが出てくるとは……」

押している状況ではあるが、それでもオニキスドラゴンの存在は全ての戦況《せんきょう》を覆《くつがえ》すだけのものがあるため、安心できずにいた。

「いやいや、目の前の戦いに集中しなければ……火竜のブレスが来るぞ、氷の障壁《しょうへき》を展開！　雷《かみなり》には土の障壁だ！　地面に雷を誘導《ゆうどう》しろ！」

物理攻撃に対しては騎士が盾《たて》を使って防ぎ、ブレスなどの属性攻撃は魔法を使える冒険者が障壁を張って防御する。

また、密集している属性竜とそのまま戦っていては複数のブレスを相手取る形になってしまうため、エルトラムはチームごとに得意な属性の竜を引っ張ってきて各個撃破《げきは》できるように仕向けていく。

「いいか、属性竜にはそれぞれ一枚だけ色の違う鱗《うろこ》がある。そこに反対属性の攻撃を打ち込むことで大きなダメージを与《あた》えることができるんだ。そろそろ疲労が見えるから、隙を狙《ねら》いやすくなってきたぞ！」

属性竜はずっと戦いっぱなしであるが、対して連合軍側は休憩や治療《ちりょう》の時間をとることで継続戦闘《けいぞくせんとう》時間を延ばしている。

治療の術を持たない属性竜の傷は増えていき、ついには火竜を一体倒すことに成功する。

しかし彼らはそれで浮足立《うきあしだ》つことなく、すぐに次の竜へと意識を向けて落ち着いて、確実にダメージを与えていく。

それが維持《いじ》できているのはエルトラムが彼らから信頼されているためだ。

「いいぞ！　焦るな！　相手の動き、行動を見極《みきわ》めて対応を選択していくんだ！」

この段階までくると、それぞれがそれぞれの役割を理解しており、エルトラムの指示を待たずに次の行動に移っていた。

「うおおお、俺《おれ》だってAランク冒険者だあああああ！」

Sランクのフェウダーがいるため、Aランクはどうしても見劣《みおと》りしてしまう。

しかし、彼もそのランクに恥じぬ戦いを生き抜《ぬ》いてきており、強力な一撃を放つ。

他の冒険者もその声に刺激《しげき》されて、自分たちの経験に対しての自信を取《と》り戻して、攻勢《こうせい》に出ていく。

「こちらはなんとかなりそうだ。黒竜、オニキスドラゴン、どちらも危険な相手だが……頼んだぞ！」

まだエルトラムたちはここから動くことができないため、強敵の相手は戦っている彼らに任せることにした。

【アタル・イフリア　VS　オニキスドラゴン】

『バラバラに戦っていていいのか？　あのブラックドラゴンは部下の中でも強力なものだぞ？　レッドもブルーもイエローも弱くはない。まあ、私を放置すれば一瞬《いっしゅん》で全てを終わらせるがな……はっはっは！』

オニキスドラゴンは自身の実力を疑っていないようで、アタルに語りかけていた。

その声音《こわね》はアタルを小馬鹿《こばか》にするような言い方で、口元は薄《うっす》らと笑っている。

「こっちも腕利《うでき》きを用意したからな。特にあの黒竜、お前の言い方だとブラックドラゴンか。あいつと戦っているのはとっておきのやつらだからな。そっちこそ、あいつらだけに任せていたら全滅するぞ？　といっても、手助けには行かせないがな」

反対にアタルもオニキスドラゴンを挑発《ちょうはつ》するような言葉をぶつけた。

もう自分は一人で戦っているわけではない。イフリアの存在がアタルの力になっていた。

『人間ごときが生意気な口を！』

凍《こお》りつくような冷たい目で、対して頭には血が上った状態でオニキスドラゴンがアタルを睨みつける。

「そう、そこが気になっていた。俺たちみたいな人間ごときを相手に、なんでお前がわざわざやってきた？　なぜこんなことをする？」

オニキスドラゴンは登場した時から明らかに人間を敵視している。

心の奥底《おくそこ》から恨《うら》み、ひどく憎《にく》んでいる。

それは対峙《たいじ》しているだけでアタルにも伝わってくるほどの激しい感情だ。

『なんで……なんでだと？　貴様ら人間が、貴様らが我《わ》が母を殺したのだ！　傷つき、苦しみ弱っている我が母を殺したのだ！　その者は四神の力を持っていたと聞いた。貴様の身体からは四神の力を感じる……力を持つお前を殺し、お前が守ろうとしている者を全て滅《ほろ》ぼしてやろう。貴様が信頼している、とっておきとやらもな！』

威嚇《いかく》するように大きく口を開いたオニキスドラゴンはキャロとバルキアスを殺すと言葉にした。

『我が力はこの場にいる他の竜を遥かに凌駕《りょうが》する。私一人でもこの先にある国を滅ぼしてやろう』

そして、獣人の国をも亡《ほろ》ぼすと言っている。

「……おい、お前なんていった？」

下を向いたアタルがオニキスドラゴンに聞き返す。

『だから国を滅ぼして……』

「違う、その前だ……」

地の底から低く暗い声でアタルが言う。

『き、貴様が信頼していると言う、とっておきも殺して……』

そう口にした瞬間、オニキスドラゴンは空気がピシリと音をたてたように感じた。

「ふざけたことを言うやつだ……俺がさっさと倒してやる」

『我々が、だ』

イフリアも仲間を殺すと言われて苛立《いらだ》ちを覚えており、大きく一歩前に出てオニキスドラゴンの前に立つ。

「とんだ言いがかりをつけて、逆恨《さかうら》みで俺たちを殺すなんていうふざけたやつはお仕置きしてやらないとだな」

『貴様らこそふざけるな！　鍛《きた》えし我が力、見せてやる！』

アタルたちにもこれまで以上にオニキスドラゴンを倒さなければならない理由ができたため、本気の戦いへと移行していく。

【キャロ・バルキアス・フェウダー　VS　黒竜】


「とんでもないやつだとは思っていたが、あいつは本当にとんでもないやつだな！」

フェウダーが大剣《たいけん》で黒竜の攻撃を受け止めながらキャロに声をかける。

巨大《きょだい》な竜を味方にし、オニキスドラゴンのブレスを防いだアタル。

これまでも常識外れの力を見せていたが、ここに至ってフェウダーの予想をはるかに上回る力を見せつけていた。

「それはもう、アタル様ですからっ！」

アタルを褒《ほ》められ嬉しそうに笑ったキャロは、黒竜の右足を攻撃しながら返事をする。

「ははっ、こいつはすごい信頼《しんらい》だな。だが、さすがにアレの相手をさせるのは厳しいだろ……さっさとこいつを倒して手伝いに行くぞ！」

「はいっ！　でも、何かいい手があるんですか？」

互角に戦えてはいるが、黒竜の皮膚《ひふ》は硬《かた》く、ダメージをほとんど与えられていない。

もちろんキャロにもダメージを与える手段はあったが、かなりの力を消費することになり、かといってそれで一気に倒せるとまでいけるかは自信がなかった。

「あぁ、俺にとっておきの技《わざ》がある。これが決まればあいつを倒せる自信がある――あるんだが、準備に少し時間がかかるんだ……」

「わかりました、私とバル君で時間を稼ぎます！　はあああああっ！」

キャロは玄武の武器に魔力を流していく。

魔力に反応して光る武器が生まれ、全力の攻撃を繰《く》り出《だ》すための準備は完了《かんりょう》。

左右の手に持つ武器で黒竜の鱗に斬《き》りつけていく。

「せいっ！　やあっ！」

キャロの手は止まらず次々に攻撃が繰り出される。

超硬度《ちょうこうど》の玄武素材の武器＋キャロの魔力による攻撃は鱗に傷をつけていく。

同じ鱗に対して重ねて繰り出される剣戟《けんげき》。

それは確実にダメージを与えて、黒竜の顔をゆがませる。

『GUOOOOO！』

今まで鱗が斬られるなどという経験をしてこなかった黒竜にとって、それは初めて味わう種の痛みだった。

黒竜は痛みの原因を生み出しているキャロに狙いを定めて腕《うで》を振《ふ》り上《あ》げようとする。

『GARR？』

しかし、キャロの姿は既にそこにはない。

「こっちです！」

今度は別の鱗に狙いを定めてキャロが斬りつける。

一度の戦いでこれほどに強烈《きょうれつ》なダメージを受けることがなかった黒竜は、傷をつけたキャロに対し怒り心頭といった様子で、今度は確実に視界にとらえて腕を振り上げた。

『ガウガウッ！』

キャロが黒竜の意識を完全に惹《ひ》きつけた。

反対にバルキアスはこの隙ができるのを待つためにあえて攻撃をせずに待機をしていた。

『ワオオオオオオン！』

高らかな遠吠《とおぼ》えとともに、バルキアスの額の紋章《もんしょう》が光《ひか》り輝く。

この紋章は白虎《びゃっこ》の力がバルキアスに宿った時に現れたものである。

それが緑に光り輝き、バルキアスが白虎の力を発動させようとしていた。

「バル君、やっちゃって下さい！」

キャロの声に頷《うなず》いたバルキアスは分身して数を増やしていく。

一体、二体、三体……と分身体を増やし、その数は十を超えた。

「お、おいおい、なんなんだこいつらは……アタルだけが化け物だと思ったが嬢《じょう》ちゃんも

狼《おおかみ》もとんでもないじゃないか」

フェウダーは自分の奥の手《て》を準備しながらも、キャロとバルキアスの戦いぶりに舌を巻いていた。

彼の目から見て、キャロたちの力は既《すで》にSランクの領域にまで足を踏《ふ》み入れていた。

『GU、GURR⁉』

黒竜は振り下《お》ろそうとした腕を止め、増えたバルキアスに驚いている。

次の瞬間、バルキアスの【分身たち】は一斉《いっせい》に黒竜へと向かっていく。

『GA、GAAAA！』

そのまま攻撃を受けるわけにはいかないと、なんとか攻撃に転じる黒竜。

鋭《するど》い爪《つめ》がバルキアスへと襲《おそ》いかかる。

しかし、その攻撃は空を切ることとなる。

バルキアスの分身体は実体を持っておらず、爪が通《とお》り抜けた。

そして分身体はそのまま黒竜へと突っ込んでいく。

どうせ分身で実体がないのであれば、ダメージを受けるわけがないと高を括《くく》る黒竜。

『ガオオオン！』

その時、バルキアスが声をあげる。

それは白虎の力を更《さら》に分身体に流し込む合図であり、それは分身体に実体を持たせることになる。

十を超える分身が勢い良く黒竜に衝突していく。

『GA、GAAAAAAA！』

一撃一撃《いちげきいちげき》が重く、鱗にヒビを入れて体内にまでダメージを浸透《しんとう》させる。

攻撃を終えた分身はバルキアスの身体に集まっていき、額の紋章が更に強く光を放つ。

そして、バルキアスの身体がオーラに包み込まれた。

オーラはバルキアスよりも二回りほど大きい白虎のサイズをとっている。

『ワオオオオオオン！』

雄《お》たけびをあげながらバルキアスは走り出した。

神速のごとき動きのバルキアス。

黒竜はそれを止めることは叶わない。

そして、バルキアスの体当たりが黒竜の腹に直撃《ちょくげき》した。

『GA、GAGA、GU……』

黒竜は身体をくの字に曲げ、口からはよだれを垂らし、苦悶《くもん》の表情で腹を押《お》さえている。

「ははっ、よくやってくれた。十分時間を稼いでくれた。やっと、俺の剣も目を覚ましたぞ！」

フェウダーの持つ大剣が赤い光を放ち、刀身の中央に小さな魔法陣がいくつも浮かび上がっている。

「俺の剣の名前は〝ドラゴンスレイヤー〟竜を殺す剣だ。ただちょっとばかし目覚めさせるのに時間がかかってな」

にやりと笑ったフェウダーは上段にドラゴンスレイヤーを構える。

彼の周囲には剣が発する魔力によって風が巻き起こっている。

「す、すごいっ」

キャロは手で風を遮《さえぎ》りながら離《はな》れた場所でフェウダーのことを見ていた。

『ガ、ガウッ』

バルキアスもキャロの隣《となり》に退避しながら彼を見ていた。

フェウダーはキャロとバルキアスの力に驚《おどろ》かされていた。

だが、今度はフェウダーの真の実力に二人が驚かされる番だった。

「我が名はフェウダー、竜を狩《か》る者なり。我が字《あざな》は〝竜殺し〟なり！　発動、ドラゴンスレイヤアアアアアアアア！」

その言葉と共に振り下ろされるドラゴンスレイヤー。

刀身は巨大な赤いオーラに包まれ、刀身部分が黒竜の身《み》の丈《たけ》を上回るほどの大きさに伸《の》びている。

バチバチと音をあげながら、まるで空間をも切《き》り裂くような一撃《いちげき》が繰り出され、そのまま黒竜を真っ二つにした。

黒竜は言葉もなく倒《たお》れる。

「はあ、はあ、はあ……はあああああっ」

全力を使い果たしたフェウダーは大きく息を吐いてその場に腰《こし》を下ろす。

「フェウダーさん、すごいですっ！」

『ガウガウッ』

バルキアスも先ほどの攻撃に興奮してフェウダーの周りを飛《と》び跳《は》ねている。

「ははっ、そう言ってくれると頑張《がんば》ったかいがあるよ。だが、さっきの一撃でもオニキスドラゴンをたたっ斬るのは難しいだろうな……」

それほどまでにオニキスドラゴンの実力は黒竜を遥かに上回っていた。

「確かに……離れているというのに、すごい力を感じます」

アタルとイフリアがオニキスドラゴンと戦っており、双方《そうほう》の力の高まりは先ほど倒した黒竜を遥かに凌駕していた。

「お前さんたちも黒竜との戦いで疲労しているだろ。少し休憩《きゅうけい》したら加勢に行くぞ……と言ったもののあれに加勢できるのか？」

離れた場所で戦っているアタルたちだが、衝撃波《しょうげきは》や魔力残滓《まりょくざんし》によって近づけるとは思えないような状況になっている。

「アタル様……」

アタルの力は信じている。そこにイフリアという増援《ぞうえん》もやってきた。

それでも、オニキスドラゴンから感じられる力は四神に相当する強大なものであり、不安な気持ちがキャロの顔には浮かんでいた。

第七話　オニキスドラゴン決着

アタルとイフリアは二人だけでオニキスドラゴンと戦っている。

オニキスドラゴンは再度ブレスを放ったが、イフリアも同様にブレスを放って相殺《そうさい》させる。どちらも魔力の集中が少ないため、周囲への影響《えいきょう》も少ない。

オニキスドラゴンが拳《こぶし》を振るえばイフリアも同様に殴《なぐ》りつけ、爪で切り裂こうとすればイフリアも同じように爪で攻撃をする。

一見すればイフリア一人で同等にやりあっているように見える。

しかし、それはアタルの援護《えんご》があるためだった。

アタルはオニキスドラゴンの腕を凍らせて動きを鈍《にぶ》らせる。

そして、足場を凍らせたり、大地を隆起《りゅうき》させたりすることで動きづらくしている。

ここまでについたほんの少しの傷を少しでも大きくするためにジャイロバレット――回転する弾丸を傷に撃ち込んでいく。

二丁のハンドガンでコツコツダメージを与えているが、焼け石に水といった状況である。

にもかかわらず、アタルは迷うことなく攻撃を続けている。

エルトラム率いる冒険者《ぼうけんしゃ》・騎士《きし》団《だん》組も既に属性竜を倒し終えてはいたが、アタルたちの戦いを見守ることしかできない。

オニキスドラゴンとイフリアがぶつかることで、その余波で衝撃波が飛びかっており、近づくことができなかった。

また、今は二人だからこそ拮抗している。

そこに実力の足らない者が助けに入れば、均衡《きんこう》を崩《くず》すことになりかねない。

そのため誰《だれ》も加勢することができずにいる。

「聞こえてきた会話とあの様子から見るに、オニキスドラゴンは我々人間に怒りを持っているらしい。あの状態では力を抑えることもなく暴れまわるだろう。竜殺しのフェウダーでも倒すのは難しいだろうな……」

呟《つぶや》いたのは冷静に状況《じょうきょう》を観察していたエルトラムだった。

「だろうな……俺に倒せるのは黒竜までだ。あれは……もっと上のやつらじゃないと厳しいだろ」

それに対して飄々《ひょうひょう》とした様子で応《こた》えるフェウダーだった。

彼らも黒竜との戦いを終えて、エルトラムたちと同じ場所にやってきていた。

右手を強く握《にぎ》りこんでおり、そこからは血が滴《したた》っていた。

Sランクという肩書《かたが》きと竜殺しという二つ名、ドラゴンスレイヤーを持ちながらも倒すことのできない竜を目《ま》の当《あ》たりにしている。

そのことは彼のプライドを傷つけ、ただただ悔《くや》しい思いが胸を締めつけていた。

「でも、アタル様なら大丈夫《だいじょうぶ》です！」

キャロはアタルに全幅《ぜんぷく》の信頼をおいている。

それはただ彼への思いが強いからだけではない。オニキスドラゴンとの戦力差を考え、この現場で感じる力を加味しても、それでもアタルとイフリアが勝つと信じていた。

「確かに、あの状況でまともに戦えているのはそれだけ実力をもっているということだ、あいつらに全《すべ》てを託《たく》すしかない」

フェウダーがそう言うと、他の面々も黙《だま》ってアタルたちの戦いを見守ることにした。

【アタル・イフリア　VS　オニキスドラゴン最終局面】

「せっかくパワーアップして帰ってきてくれたみたいだが、どうにもまだ全力が出せなそうだな」

『うむ、我らの繋《つな》がりがまだまだ薄《うす》いようだ』

四六時中一緒《いっしょ》にいたキャロとバルキアスとは異なり、しばらく離れていたアタルたちは両者間の繋がりが薄まっているようで、本来の力を未《いま》だ出せずにいる。

「まあ、少しずつ慣れてきているみたいだから、しばらくこいつには付き合ってもらうとするか」

アタルはイフリアとの繋がりを強固にするために、あえてオニキスドラゴンとの戦いをしばらく続けようと考えている。

こんな話を聞いたら、エルトラムやフェウダーは口を開けて驚き、固まってしまうことが容易に想像できた。

『何の話をしている！　私の相手は片手間だとでもいうつもりかああああああああ！』

オニキスドラゴンは再びブレスを吐こうとする。

それに合わせてイフリアもブレスの準備をするが、ここからのオニキスドラゴンは今までと違《ちが》う行動を選択する。

『そう何度も防がれるものか！』

ブレスと同時に左右の手にも魔力を溜《た》めていたのだ。

そして、ブレスを吐くよりも早く魔法を放った。

闇属性の巨大な玉をイフリアに、闇属性でできた槍《やり》をアタルに向かって複数発射する。

イフリアは玉に向かってブレスを放つことで相殺させる。

アタルは全ての槍を光の魔法弾で撃ち落としていく。

『くらえええええ！』

防御行動をとっているイフリアに対して、オニキスドラゴンがブレスを放とうとする。

魔力を練りに練った完全なものではないが、十分に強力な威力《いりょく》を持っており、それがイフリアへと向かっていく。

『ガオオオオオオオッ！』

そのブレスに横から飛び出してきたバルキアスが突撃《とつげき》していく。

既に白虎の力は発動済みであり、その力を使ってブレスを相殺しようとしている。

「無茶《むちゃ》だ、バル！」

黒竜との戦いにおいて、既に一度白虎の力を使っているバルキアス。

まだ使い慣れていない力を一日に二度も使うのは身体への負担が大きく、しかも黒竜の時よりも身に纏《まと》うオーラの総量は少なくなっている。

にもかかわらず、バルキアスはなんの迷いもなくブレスへと向かっていた。

「バル君っ！　いっけえええええっ！」

キャロは離れた場所からではあるが、少しでも良い結果に繫がるようにと魔力《まりょく》をバルキアスに送りこんでいる。

ドガンという大きな爆発音《ばくはつおん》が響き渡《わた》り、ブレスが相殺され、ぐったりとしているバルキアスが吹《ふ》き飛んでくる。

「バル君っ！」

「おい、誰か回復魔法を使えるやつはいるか！　早くきてくれ！」

泣きそうな声でキャロが叫《さけ》びながら駆《か》け付《つ》ける。

フェウダーはともに黒竜と戦った仲で、実力のあるバルキアスのことを気に入っていたがゆえに、駆け寄《よ》るとすぐに冒険者たちへ声をかける。

「わ、私が！」

「俺も！」

「それがしも！」

数人の冒険者が名乗りをあげ、すぐにバルキアスに回復魔法をかけていく。

「傷が治りません！　いえ、少しずつは回復しているんですが、あのブレスは闇属性なので、普通《ふつう》の回復魔法だけでは……」

徐々《じょじょ》に闇の魔法で浸食《しんしょく》されていくバルキアスの身体を見ながらそんなことを冒険者たち

が話していると、毅然《きぜん》とした表情のキャロが立ち上がる。

「みなさん、バル君から離れて下さいっ！　早く！」

必死の形相で声をかけるキャロを見て、冒険者たちは慌《あわ》てて離れていく。

そして、キャロは戦闘《せんとう》中のアタルに視線を送った。

「そうだ、よくやった」

それはアタルの言葉。

ふっと優《やさ》しく笑った彼はハンドガンを収納してライフルを構えている。

その銃口《じゅうこう》はバルキアスを捉《とら》えていた。

「いけ」

静かな口調で発射されたのは回復弾《だん》。

治癒弾《ちゆだん》は白虎との戦いで一度使用したため、バルキアスには使うことができない。

そのため治癒弾程の回復力がないが、あちらとは違い、時間を空けなくても同一人物に使用することができる回復弾を選択《せんたく》していた。それがバルキアスへと撃《う》ち込まれる。

劣《おと》るとはいっても、アタルが使う魔法《まほう》弾であるために威力は高く、バルキアスの身体を徐々に回復させていく。

更に光の魔法弾の力も追加していたため、ついには闇《やみ》の力の影響をも打ち消した。

意識を失ったままではあるが、呼吸は落ち着いており、無事な状態になったのは誰の目にも明らかだった。

「……お前たちは一体何者なんだ？」

全員が思っていたことをフェウダーが代表して質問する。

戦闘力《せんとうりょく》が高いアタルは、この場にいる誰も回復をできなかったバルキアスのことをあっという間に回復させた。

「ふふっ、ただの冒険者ですよ。私に他の方と違う部分があるとすれば、アタル様と出会ってここにいるか、そうでないかの違いくらいだと思いますっ」

飛び切りの笑顔を見せるキャロの答えを聞いた全員の視線がアタルに集まる。

巨大なオニキスドラゴン、それとまともにやりあっている赤いドラゴン（イフリア）。

その近くで当たり前のように戦いに参加しているアタルの姿は、誰の目から見ても異様に映っていた。

「――じゃあ、あいつは一体何者なんだ……？」

誰が呟いたかわからないそれは、全員が共有する疑問だった。

バルキアスがどうなったかの顛末《てんまつ》を横目で見ていたオニキスドラゴンだったが、これ以上の邪魔《じゃま》は入らないだろうと考えている。

『邪魔が入ったが、次はもう助けてくれるやつはいないぞ！』

「あぁ、わかっているさ。だから、同じ攻撃《こうげき》はさせない」

ブレスを撃たせてしまったのは、完全にアタルとイフリアのミスである。

二人のきずなを深めるためとはいえ、仲間を傷つけてしまったのは誤算だった。

その事実は自身への怒《いか》りとなっており、アタルをイラつかせていた。

その手には二丁のハンドガン。

発射するのは貫通弾《かんつうだん》（玄《げん》）。

狙うのはジャイロバレットでコツコツ広げてきた小さな傷。

これまでつけてきた小さな傷を四神の力で更に広げ、ヒビを入れる。

同じ場所へと弾丸《だんがん》を数発撃ちこみ、ついにはその一枚の鱗を破壊《はかい》した。

大きな身体の、たった一枚の鱗だったが、オニキスドラゴンの伝承を知っているエルトラムとフェウダーは目を見開いて驚いている。

強固な鱗を持つ黒竜、オニキスドラゴンはそれをはるかに上回る強度の鱗を持っている。

体格の近いイフリアが傷をつけたならまだしも、この結果をもたらしたのは人族の一冒険者のアタルであるため、驚愕《きょうがく》していた。

「まだまだ！」

更にアタルは追撃《ついげき》していく。

『この人間風情《ふぜい》が！』

大きなダメージではなかったが、チクチク攻撃をあててくるアタルに苛立ったオニキスドラゴンが尻尾《しっぽ》による面の攻撃でアタルを吹き飛ばそうとする。

イフリアはアタルの射線に入らないように戦っていたため、尻尾による攻撃を防ぐことができずにいる。

誰しもがこの瞬間《しゅんかん》、アタルは終わったと考えていた。

明らかに体格が、重さが、力が違う。

どう考えてもアタルがペシャンコになるイメージしか持てない。

「さすがに、それをくらうわけにはいかないな」

アタルは自分の少し前方に爆発《ばくはつ》の魔法弾を発射し爆風《ばくふう》で後方に飛び、更に風の魔法弾を十発撃ちだして尻尾の勢いを軽減させる。

十二発目は氷の魔法弾。

尻尾の根元を凍らせて、動きを多少ではあったが制限する。

そのまま後方に飛びながら、ハンドガンを収納してライフルに持《も》ち替《か》える。

「もう一発！」

既に装填《そうてん》してあった弾丸をライフルから発射する。

回転する弾丸——ジャイロバレット。

それに玄武《げんぶ》の力を乗せたものをアタルに迫《せま》りくる尻尾に向かって放つ。

尻尾と拮抗《きっこう》する弾丸。

しかし、それも数秒程度のことであり、弾丸は尻尾によって弾《はじ》き飛ばされてしまった。

『その程度の攻撃で防げるとでも思っているのかあああ！』

侮《あなど》られたと感じたオニキスドラゴンは怒りから尻尾に更に力を込め、アタルを吹き飛ばそうとする。

「悪いが、俺は一人で戦っていない。今回の戦いはやっと再会できた俺の大事な仲間。大事な契約《けいやく》相手。大事な相棒との久しぶりの共闘《きょうとう》だ。自分だけでなんとかしようと思うわけがないだろう？」

『我が力は主、アタル殿《どの》のために！』

尻尾の動きを阻害《そがい》した数秒のうちにイフリアは尻尾とアタルの間に入り込んでいた。

尻尾を思い切り殴りつけてアタルを守ることに成功する。

「助かった……それにわかってきたぞ。どうすればいいのかがな」

そう言うとアタルはイフリアの足に触《ふ》れる。

『なるほど、そういうことか。どうにも足りないと思っていたんだが、これでわかった』

イフリアは新たな力を手に入れて戻《もど》ってきた。

それは精霊《せいれい》としての格を上げて、精霊魔法《せいれいまほう》を使うことができるようにするためである。

精霊種は契約主と協力して精霊魔法を発動し、本来の最高の力を発動することができる。

その修行《しゅぎょう》のためにイフリアはアタルたちのもとを離れていた。

力は強化された、オニキスドラゴンともそれなりにやりあうことができている。

だが、それでは何かが足りないとずっと思っていた。

繋がりが弱かったが、戦っていくうちに強固になると考えていた。

時間をかけてはみたものの、アタルと再会を遂《と》げてから今まで、イフリアは自らが精霊魔法を使えるビジョンを持つことができていない。

「あぁ、俺たちの本当の意味での繋がりが弱かったんだ。だから強くするぞ！」

アタルは魔眼《まがん》で状況を把握《はあく》している。

その目には自らの身体とイフリアをつなぐ回路が見えていた。

先ほどイフリアがアタルを救おうと行動した際に、思いの強さが反映され、その回路に強い力が流れたのを確認《かくにん》していた。

『承知した』

その回路の存在はイフリアも感じてはいたものの、なんとなく、うっすらと、ぼんやりと感じる程度のものであった。

アタルは直接触れることで、その回路の感覚を互《たが》いに明確化させた。

互いのことを思い、協力して戦うことで互いの信頼が深まり、互いの絆《きずな》が強まっていく。

それが頂点に達した瞬間、パズルのピースがはまるようにカチリと回路が繋がったのを二人は感じ取った。

ゆえに、二人は迷いなくオニキスドラゴンとの戦いに集中していく。

戦い方は先ほどと同じで、イフリアが前面に立ちアタルが援護するというものである。

しかし、アタルはイフリアに筋力強化弾を撃ち込み、更にイフリアの肩《かた》に乗って攻撃をし、近くにいることで互いの繋がりを強化する。

『小癪《こしやく》なあああああ！』

オニキスドラゴンは人間であるアタルに苛立ち、そのアタルに味方する同属のイフリアにも苛立っている。

拳と拳がぶつかり、弾丸が鱗《うろこ》にあたり、互いのブレスがぶつかり、互いに疲弊《ひへい》していく。

この均衡した状態がいつまでも続くのではないかと、見ている誰もが思っており、ゴクリと唾《つば》を呑《の》んでいる。

だが、当たり前のごとく、この戦いも徐々に終焉《しゅうえん》へと向かう。

イフリアとオニキスドラゴン、双方の拳が思い切りぶつかり合い衝撃音《しょうげきおん》が響《ひび》き渡った。

次の瞬間、イフリア・アタルとオニキスドラゴンが離れ、距離《きょり》をとった。

「これが、最後か……」

その場に漂《ただよ》う張りつめた空気を感じ取ったフェウダーが硬《かた》い表情で呟く。

『GUOOOOO！』

終わりを感じているのはオニキスドラゴンも同じで、これまでで最大の魔力を練りに練って口の中へと集中していく。

たとえこれを使って倒れても構わない。

とにかく目の前にいる鬱陶《うっとう》しい敵を倒したい。

それを叶《かな》えるためだけに全力でブレスを放とうとしている。

「イフリア、やるぞ！」

『承知』

アタルとイフリアの回路はここまでの戦いで完全に繋がっていた。

二人も最大の攻撃をもってオニキスドラゴンのブレスを迎《むか》え撃とうとしている。

次の瞬間イフリアは身体のサイズを変化させる。

バルキアスの頭に乗っていた時の、移動していた時の小さな子竜《こりゅう》状態だ。

「「「はあっ⁉」」」

あの巨体《きょたい》だったからこそオニキスドラゴンとまともにやりあえていた。

殴り合いもブレスも爪も尻尾も同サイズのイフリアだったからこそ防ぐことができ、渡り合うことができていた。

にもかかわらず、イフリアは小さくなることを選択し、アタルもそれが最善の選択であるように頷いている。

しかも、オニキスドラゴンは最強の攻撃であるブレスの準備をしており、これまでのアタルの攻撃ではどう見てもそれに対抗《たいこう》することができない。

「さて、外野が何か言っているようだが、俺《おれ》たちなら大丈夫だ。やるぞ」

『うむ』

イフリアの身体は徐々に透明《とうめい》になり、アタルの身体と同化していく。

先ほどしっかりと繋がった二人の回路が完全に一極になり、魔力そのものも完全に繋がる。

アタルの身体は、イフリアの存在をその身にしっかりと感じられるほどのオーラをまとっている。

彼《かれ》は混ざり合った二人の魔力をライフルへと流し込んでいく。

通常の武器であればこのようなことをすれば一瞬《いっしゅん》で壊《こわ》れてしまう。

それだけ強力な力だとしてもアタルが持つ神と作りしライフルであるならば耐《た》えることができる。

『何をしようと無駄《むだ》だ、くらえええええええええええええええ!!』

先にオニキスドラゴンのブレスが撃ちだされる。

全身全霊《ぜんしんぜんれい》の力が込められたこのブレスは周囲の地面を黒の闇に染めながら真っすぐアタルへと向かってくる。

「アタル様っ！」

『アタル様あ！』

キャロとバルキアスが思わず悲痛な表情で彼の名前を叫ぶ。

彼のことを心の底から信じている二人だったが、それでも迫りくるブレスの威力に焦《あせ》りと不安を覚えていた。

しかし、アタルは余裕《よゆう》の表情でいる。

これから撃つ弾丸は初めてのものだったが、確実に勝てると確信していた。

「精霊魔法《まほう》【スピリットバレット（玄）】！」

魔法名を口にすると、ライフルの銃口から弾丸が発射される。

弾丸にはアタルの魔力、イフリアの精霊体、そして玄武の力が込められている。

そのハイブリッドな弾丸がブレスに向かっていく。

「「「「いけえええええええええ！」」」」

見ている全員が声を出した。

アタルの弾丸に全てがかかっている。

これでダメなら、誰にも倒すことはかなわない。

全員の祈《いの》りが弾丸に乗っていた。

ブレスと衝突《しょうとつ》した弾丸は強い光とともにブレスを飲み込んで、勢いは衰《おとろ》えるどころか勢いを増して、そのままオニキスドラゴンを飲み込まんとばかりに向かっていく。

『な、なんだとおお！』

オニキスドラゴンは、全身全霊のブレスが撃ち破られるなどということが、およそ信じられるものではなく、驚愕の表情をしている。

精霊魔法はブレスを全て打ち消すと、オニキスドラゴンの額にある宝石めがけて向かい、衝突する。

宝石竜の額にあるのは特別な鉱石であり、フェウダーが全力でドラゴンスレイヤーを振るったとしても傷一つつけることはできない代物《しろもの》。

しかし、アタルの精霊魔法はその常識を覆《くつがえ》し、額の『オニキス』を撃ち抜《ぬ》いて、粉々にした。

『わ、我《わ》が宝石が砕《くだ》かれる日が来るとは……口惜しや、母上の仇《あだ》を、討《う》てな、かった……』

宝石竜の命ともいわれる宝石が砕け散《ち》ったことで、オニキスドラゴンの命の灯《ひ》は消え、その場に崩れ落ちていく。

「おい！　まだ逝《い》くな！　母親の仇とはどういうことだ！　誰に殺された！」

会った時からオニキスドラゴンはずっと恨《うら》みを口にしていた。

そして、母の仇が討てなかったと口にしていた。

あれほど強力な力を持つ竜の母親が簡単に殺されるとは思えない。

ならば、実際に殺した者がいて、その者は凶悪《きょうあく》な力を持っていることに相違《そうい》なかった。

『く、くはは、今更《いまさら》、何を、貴様ら人族に決まって、い……』

「おい！　だからそいつは誰なんだ！　……くそっ、死んだか」

オニキスドラゴンはアタルの問いかけに答えることなく、そのまま生涯《しょうがい》を終えた。

「ふう、まあ話はきけなかったが……全部終わったか」

そう呟くとアタルは周囲を見渡《みわた》す。

自分の戦いに集中していたためわからなかったが、黒竜も属性竜も全て倒されていることに改めて気づいた。

「そういえば、キャロたちの声が聞こえていたんだから、戦いが終わっているのは当然のことか」

今になって、キャロとバルキアスがアタルの名前を呼んでいたことを思い出していた。

戦いが全て終わった。そう実感した彼はその場にドスンと腰を下ろして座《すわ》り込む。

「はああああああ、つっかれたあああああああ！」

両手を挙げたアタルはそのまま仰向《あおむ》けに寝転《ねころ》がる。

判断を間違《まちが》えれば即死《そくし》に繋がる戦いにおいて、ひりつくような緊張感《きんちょうかん》の中、頭をフル回転させて、周囲に被害《ひがい》が広がらないように戦った。

ただひたすらに自らとイフリアがダメージを喰《く》らわないように乗り切っていた。

そしてとどめはこれまで使ったことのない、思い付きでぶっつけ本番の精霊魔法。

これらはアタルの身体に相当な負担を強《し》いており、寝転がったままの状態から身体を起こすのが億劫《おっくう》なほどに疲労《ひろう》を感じている。

その腹の上でイフリアは丸くなって休んでいた。

「アタル様っ！　大丈夫ですか！」

『ガウガウッ』

そんな二人のもとへキャロとバルキアスが駆けつける。

「あぁ、キャロとバルか……なんとか大丈夫だ。ちょっとばかり疲《つか》れただけだ。イフリアも魔力がすっからかんだろ」

『ピー……』

声を出さず、小さく鳴くことでイフリアは返事とした。

本来であれば、久しぶりの再会となるキャロやバルキアスとも旧交を温めたいところだったが、彼も返事をするのですらやっとであるくらいには疲れ切っていた。

「ま、魔力切れならアレを！」

キャロは玄武装備を作るための道具を用意した時のことを思い出していた。

あの時はキャロの口づけによって魔力を供給し、めまいを起こしたアタルを救った。

それを今回もやろうとしていた。

アタルはあの時のことを思い出して、これだけの人がいる中でキャロから魔力供与《まりょくきょうよ》を受けるのはさすがに恥《は》ずかしいと思っていた。

「あー、大丈夫だ。イフリアは最小サイズになって魔力を抑えているし、俺のはただの疲労だ、疲れ。イフリアの魔力を俺の身体に流し込んだから、それで俺の魔力回路がボロボロになったってとこだろ……とりあえず、休ませてくれ」

そう言ってアタルは遠慮《えんりょ》すると、そのまま眠《ねむ》りにつく。その頬《ほお》は少し赤くなっていた。

さすがに今回の最功労者を地面にそのまま寝《ね》かせておくわけにもいかないため、数人でアタルの身体を移動させると冒険者の持っているマントを借りて地面に敷《し》いて、バルキアスを枕《まくら》代わりにする。

「ふう、寝ているとただの若者だが、誰にも成《な》し遂げられないようなとんでもないことをやってくれたな……フランフィリアさんに聞いていた情報の数十倍の実力の持ち主だったよ。まったく……一体ここまでにどれだけの経験をしてきたというんだ？」

エルトラムは寝ているアタルを見て、あきれ交じりに感心しながらため息をついた。

冒険者と騎士団、そしてSランク冒険者のフェウダーでも勝ち目がなかったオニキスドラゴン。

その相手をアタルは突如《とつじょ》現れた巨大《きょだい》な竜（イフリア）と一緒に討伐《とうばつ》した。

誰にも成し遂げられないことをやってのけたアタルに対して、驚きと感動と称賛《しょうさん》、複数の思いをこの場にいる全員が持っていた。

「それで、あれらはどうしましょうか？」

キャロが質問したのは方々に倒れている竜の遺体のことだった。

エルトラムをはじめ、全員が周囲を見渡して難しい表情をしている。

「解体、やりますよねっ？」

これだけ大量の竜であれば、相当量の素材を手に入れることができる。

キャロはそのことにワクワクしていた。

「竜だったら、鱗に牙《きば》に翼《つばさ》に爪《つめ》に核《かく》に皮にお肉に骨に……うーん、すごいたくさん素材がとれますよっ！」

やる気満々のキャロは腕《うで》まくりをしながら解体用のナイフを取り出している。

「は、ははっ、君もアタル君に似て大胆《だいたん》だね」

エルトラムは乾《かわ》いた笑いを浮《う》かべる。

しかし、あのアタルとともにいるくらいであるならば、これくらいのタフさがなければやっていけないのだろうとも思っていた。

「よし、それじゃあやるか！　解体の知識、経験、技術があるものは竜種の解体を行っていくぞ！」

気合を入れ直したエルトラムが大きく周りに声をかけると、冒険者たちは自前の道具を取り出して解体に取《と》り掛《か》かっていく。

「ええっと、我々はどうしたらよいでしょうか？」

そう質問したのは騎士《きし》隊長だった。

騎士団は戦闘や護衛などの経験は豊富だったが、さすがに魔物《まもの》の解体の経験はなく、どうしたものかと戸惑《とまど》っている。

「えー、騎士団のみなさんが王様から命令されたのは竜の討伐、撃退《げきたい》だと思いますが、いかがですか？」

あくまで冒険者と騎士団では命令系統と立場が違うことをエルトラムが確認する。

「そう、ですね。正確には竜が起こしうる今後の被害を鑑《かんが》みて、冒険者と協力して事態の鎮静化《ちんせいか》を図《はか》るようにとのことでした。その点からすれば我々の目的は達成されたものと思われます。なのですが、せっかくですから最後までご一緒したい気持ちもあります」

共に厳しい戦いを乗《の》り越《こ》えた思いがあり、また戦いの余韻《よいん》がそれぞれの身体には残りすぎていた。

その思いは他《ほか》の騎士も同様であるようで頷《うなず》いている。

普段《ふだん》は冒険者と騎士団は相いれない存在である。

しかし、竜という強敵を相手に、共に戦った仲間としての思いが強いため、残りの処理を手伝いたいと考えていた。

「ふむ、それでは冒険者が解体した素材を種別に分けるので運ぶのを手伝ってもらえますかな？　もちろん騎士団にも素材を分配します。分配基準は今回の貢献度《こうけんど》によるものとなります。騎士団に関してはデータがありませんが、属性竜討伐《とうばつ》戦に参加した冒険者と同等の評価でいかがでしょうか？」

今回の戦いは冒険者、騎士団の共同戦線であるため、どちらか一方だけが報酬《ほうしゅう》を得るというのはエルトラムとしても承服しかねるものであった。

「い、いえ、それでは……我々騎士団の本分は国を守ることであって、国から給料ももらっている立場ですし……」

エルトラムの提案に対して、騎士隊長は即決《そっけつ》できずにいる。

自分の判断で行ってよい案件かどうか、この件で部下に利になるかどうかそれを考えている。

「そんなの悩《なや》む時間がもったいないからさっさと人を動かしたほうがいいぞ。これだけの危険に対して活躍《かつやく》した騎士たちになんの評価も与《あた》えないような上だと思うのか？　違うだろ？　だったら、さっさと解体と搬送《はんそう》準備をするんだ」

エルトラムたちのやりとりが聞こえていたアタルがそんな声をかける。

アタルから見た王と大臣は下の者を評価するだけの目と器量を持っている。

だったら色々と考えずに動いて作業を終えたほうが効率的だと判断していた。

「わ、わかりました。みんな聞いたな！　素材を運ぶぞ！　竜の種類ごとにわけるんだ。肉に関しては土などで汚《よご》さないように！」

気持ちを切《き》り替《か》えた騎士たちは指示を受けるとすぐに冒険者の手伝いに向かう。

動きやすいように多くの騎士が鎧《よろい》を外している。

「はあ、おちおち寝てられないものだな」

そう言いながらもまだ起き上がれないアタルは目を瞑《つぶ》ったまま横になっている。

「ふふっ、すまないな。今回の最功労者に戦いの後処理にまで口を出してもらって……しかし、君の功績はどれほどのものになるのだろうなあ」

最強のオニキスドラゴンを倒《たお》したアタルたちの評価は、他の竜を倒すのとはわけが違う。

更《さら》に、アタルは数多くの翼竜《よくりゅう》を討伐している。

ダントツの成果を残しているのは確実だったが、ギルドで支払《しはら》える領分を超《こ》えているような計算にもなるため、エルトラムは内心でひやひやしている。

「あー、ちなみに言っておくが、今回の実績を加味したとしても、俺とキャロの冒険者ランクは上げなくていいからな」

ランクが高くなれば貴族などからの指名依頼《いらい》が入り、動きづらくなってしまうため、今のままのランクでいいと考えている。

この考えは冒険者になってから今まで一貫《いっかん》したものであり、今回もエルトラムに念押《ねんお》しをする。

「おいおい……な、なんだって？　本来冒険者とはランクを上げて、上位の難しい依頼を受けるものだぞ？　それに君ならフェウダーのようにSランクになってもおかしくないほどの力を持っている。なればこそランクを上げるのを目指すのが冒険者というものだ！」

驚《おどろ》いたエルトラムは信じられないと思わず声を荒《あ》らげる。

「いやいや、上のランクの依頼なんて受けなくても今回みたいに難しい依頼を受けることになるだろ。これまでもずっとそうだったんだ。依頼か、依頼外かの違いはあるものの、強いやつらと戦う機会は多かったぞ」

「そ、そうだとしても、名誉《めいよ》なことだぞ？　AランクやSランクにもなれば貴族や王族とも知り合う機会ができるんだぞ？」

エルトラムはランクを上げることのメリットを説明する。

「いやいや、そもそも俺たちがなんで今回の依頼に参加したか覚えているか？」

「あっ……」

アタルたちが冒険者ギルドにやってきた時に兵士が説明したことを今更ながらエルトラ

ムは思い出していた。

「そういうことだ。ランクに関係なく王族とかかわりを持っている。それはこの国に旅をしてくるまでのどの国でも同じだった……いや、俺はかかわりたくなかったんだけどな。王族が持ってくる問題っていうのはどうにもややこしいものばかりで困る。まあ、そのおかげで調べ物には困らなかったけどな」

この国だけでなく、他の国でも同じような状況《じょうきょう》になっていたアタルにとって、身分の高い人物と知り合えることは、冒険者《ぼうけんしゃ》ランクを上げることのメリットにはなりえなかった。

「な、なるほど……あいわかった。それならば今回の一件、どのような結果がでたとしてもアタル、キャロの両名のランクの上下はないようにしよう」

アタルを説得できる理由が思いつかないため、痛む頭を押《お》さえながらエルトラムは折れることにした。

これ以上、彼に何かを言って機嫌《きげん》を損《そこ》ねさせるのも良くないと思ったためである。

「あぁ、助かる。俺はもう少し寝ているから帰る時になったら起こして、くれ……」

そう言うとアタルは再び眠りの世界に旅立っていった。

「全く、とんでもない変わり者だな……さて、私も解体の指示を出すとするか。こら、そこはもっと気をつけて慎重《しんちょう》に解体していくんだ！　核の数は数えるからな！」

エルトラムも冒険者時代に解体作業を行っていたため、冒険者が雑に解体しようとしているところにびしばし注意をいれていく。

エルトラムが監視役《かんしやく》を担当し、冒険者の中でも解体に特化している人物が指導をしていくことで、ほとんど傷などをつけることなく素材が手に入っていった。

日が傾《かたむ》きかけ夕方になった頃《ころ》には解体を全《すべ》て終えることができた。

「ふわあ、少し冷えてきたな……ん？　解体終わったのか」

全員が帰るための準備をしているところで、アタルが肌寒《はだざむ》さから目覚める。

「おぉ、起きたか。数が多いからだいぶ時間がかかったがな。お前さんが倒した翼竜も含《ふく》めて全ての竜の解体をすることができた。冒険者にも今回の功績に合わせて素材を分配するから楽しみにしていてくれ」

素材は相当量であるため、それだけでもかなりの報酬になる。

「あぁ、それはよかったよ……ん？　どうしたんだ？　難しい顔をして」

解体が全て終わり帰る準備をしている今になって、エルトラムは気になることがあるようで腕を組んでオニキスドラゴンがいた場所を見ていた。

「あぁ、少し気になることが……あのオニキスドラゴン、宝石竜は通常、群れることを嫌《きら》っているんだ。あんな風に他のドラゴンを従えて徒党を組むことはないと言われている。

それなのに、あいつは黒竜や属性竜、そして翼竜とともにいた」

そのことが何を意味するのかはわからないが、エルトラムは違和感《いわかん》を覚えており、この違和感を放置してはいけないのではないかと思っていた。

「なるほど……それは確かにおかしいな。それに神のような力を持つ竜だというわりには、やけに人間に対しての恨みが強すぎた気がする。特に俺の力に対して苛立《いらだ》っていたような気が……」

アタルが持つ力、それは唯一無二《ゆいいつむに》の武器である銃《じゅう》を使うというもの。

そして、もう一つが四神である玄武の力を持っているということ。

恐《おそ》らくは後者がオニキスドラゴンにとって許せない何かだったのだろうとアタルは予想している。

「オニキスドラゴンがなりふり構わず動いた理由はそのあたりに原因があるのかもしれないな。今となってはわからないことだが……」

二人がそんな話をしている間にも、帰る準備は進んでおり、準備を終えた者から順にエルトラムのもとへと戻ってきていた。

「あっ、アタル様！　よかった、起きられたのですね。安心しましたっ」

一仕事終えたキャロも解体と片づけを終えてアタルのもとへとやってきて、エルトラムと話しているアタルの様子を見ると笑顔《えがお》になる。

疲れているだけだとわかってはいたものの、解体作業に没頭《ぼっとう》してでもいなければずっと気になっていたくらいである。

「あぁ、心配かけたな。イフリアも大丈夫《だいじょうぶ》みたいだ」

イフリアも休んだことで魔力がかなり回復しており、アタルの肩に止《と》まってくわっとあくびをしていた。

「改めてイフリアさん、お久しぶりですっ！」

『ガウガウッ』

『うむ』

イフリアは挨拶《あいさつ》をしてきたキャロとバルキアスにだけ聞こえる大きさの声で返事をし、頷いた。

「そういえば、その子竜といえばいいのか、巨大竜《きょだいりゅう》といえばいいのか……そのイフリアというのは何者なんだ？　何もない空中から急に現れたように見えたが」

この質問を投げかけてきたのはフェウダー。

まだ全員が集合しているわけではないため、時間つぶしにそんなことを聞いてくる。

「あー、なんていうか。まあ、あのデカいのが本来の姿で、今は疲れているのと移動する

のに目立たないようにこのサイズになっている。それで、こいつは俺と契約していて……」

そこまで言ってアタルの言葉が止まる。

素直《すなお》に霊獣《れいじゅう》だと言っては大騒《おおさわ》ぎになると思い、適切な表現を考えていた。

「俺と契約している精霊だ。竜に見えるかもしれないが、精霊だ」

ぐいっとフェウダーに念を押すように迫ったアタルはあえて精霊であることを強調する。

「そ、そうか」

それ以上語る気はないという確固たる意志が感じられるため、動揺《どうよう》交じりのフェウダーは追求《ついきゅう》するのをやめる。

「さて、そろそろ全員集まったかな？」

エルトラムが冒険者たちを見渡し、最後に騎士隊長を見る。

「騎士団《きしだん》は全員揃《そろ》いました。申し訳ありませんが、王への報告もありますので少し先に戻りたいと思います。色々ありがとうございました」

「そうか、さすが騎士団は統率《とうそつ》がとれているな……こちらこそ解体の手伝いまでやってくれてありがとう。今回の戦いも後処理も騎士団がいなかったらもっと大変だったよ」

「それはこちらも同様です。冒険者のみなさん、ご協力ありがとうございました。では！」

去り際に綺麗《きれい》な敬礼をした騎士隊長が馬に乗り、そのまま走らせると、騎士たちはそれに続いて街へと向かって行った。

「冒険者組も揃ったようだな。それでは素材は事前に決めていたように分担して搬送する。出発だ！」

冒険者の中でも、今回活躍があまりできなかったと感じている者たちが率先《そっせん》して荷物の搬送を買って出てくれたため、前線で活躍したものたちは移動のみに集中できた。

彼らが冒険者ギルドに到着《とうちゃく》した頃には夜もふけていた。

第八話　戦いを終えて……

ギルドに戻った冒険者たちが最初に行ったのは、解体してきた竜の素材の搬送だった。

「素材は全て裏手にある倉庫に持って行ってくれ。私は先に行って場所の確保と手伝いの声掛けをしてくる」

エルトラムはギルドに飛び込むと職員に指示を出していく。

主要な冒険者たちは今回の依頼に参加しているため、比較的《ひかくてき》手が空いており、手伝いに駆《か》けつけてくれる。

しかし、実際の総量を見て驚くことになる。

搬送自体は馬車やエルトラムが用意しておいた素材搬送用の簡易マジックバッグのおかげでなんとかなった。

だがそれは一度しか使えず、内容量も限度がある。

そのため入りきらない素材が多く、これから運ぶ必要があった。

翼竜だけでも道中でアタルが倒したものを含めて五十以上、属性竜が赤青黄合わせて十

一、黒竜が一だが巨大であるため素材も多い。
極《きわ》めつけがオニキスドラゴンである。

今回の竜の中で最も大きいため、鱗だけでもその枚数はかなりのもので、運ぶだけでも相当な労力を要することとなった。

搬送自体は冒険者たちが行っていくが、その後の素材の評価と配布は全てギルド職員が担当することになる。

「きょ、今日ばかりは出勤していたことを後悔《こうかい》しています……」

「こんなに多いとはなあ……」

「いやいや、これすごいですよ！　竜種の素材がこんなに大量にあることなんてそうそうあるものじゃないですよ！」

不満を漏《も》らす者、あまりの量に呆《あき》れる者、竜の素材であることに興奮する者。

「オ、オニキスドラゴン……」

あまりのレア素材に気絶して倒れてしまう者。

様々な反応をするが、この仕事が終わらないと休憩《きゅうけい》ができないため、しばらくすると全員が気合を入れて一気に仕事にかかっていく。

一方で搬送を終えた冒険者たちは全員がギルドホールへと集まっている。

「待て待て！　雑談はカードのチェックが終わってからにしろ！　さっさと順番に並ぶんだ！　全員冒険者ギルドカードは事前に出しておけ！」

竜たちと戦った冒険者たちは未《いま》だ興奮冷めやらぬ様子でホール内にて雑談して騒《さわ》いでおり、並ぶのも適当であるためエルトラムが大きな声で怒鳴《どな》りつける。

「「「ういーす」」」

冒険者たちは適当な返事をした。

どこから持ち込んだのか、酒を飲んでいる者もおり、滅茶苦茶《めちゃくちゃ》な状態になっていた。

「こいつはかなり時間がかかりそうだな」

アタルたちは翼竜の生き残りがいる可能性を考えて最後尾《さいこうび》を移動していたため、ギルドに入るのも遅《おそ》くなり、ホール内でも入り口近くにいた。

「ですねえ」

苦笑《くしょう》交じりのキャロもアタルの隣《となり》でホール内を見回している。

「――おい、アレやれ」

反対隣《どな》りに立っていたフェウダーが指を銃の形にして、アタルを煽《あお》る。

今回の竜討伐戦でもアタルが空砲《くうほう》を撃《う》つことで、宮中の者たちを静まり返らせたことがあった。

それをやれと彼は言っている。

「はあ、仕方ないな。やってもいいが、そのあとはお前が収拾《しゅうしゅう》しろよ」

「おう、任せておけ！」

ニッと笑ったフェウダーの返事を聞いたアタルはやれやれと一息つくと右手にハンドガンを持ち、ギルドの天井《てんじょう》に銃口《じゅうこう》を向ける。

再び空気を割《さ》くような鋭《するど》い大きな音が一発響き渡《わた》る。

アタルとフェウダーの目論見《もくろみ》通り、ギルド内に沈黙《ちんもく》が広がった。

「おい、お前たち！　ちっとは静かにしやがれ！　俺は黒竜と戦って疲れているんだ！　さっさと帰って熱いシャワーを浴びて寝たい！　さあ、ちゃんと列を作って並んでカードを提出しろ！　それくらいガキだってできるだろうが！」

Sランク冒険者であり、熊《くま》の獣人《じゅうじん》であるフェウダーが言葉に力を込めて、この場にいる冒険者たちを威圧《いあつ》する。

その結果、酒を飲んでいた冒険者を含めた全員が一斉《いっせい》に列を作って冒険者ギルドカードの提出を始めていった。

「最初っからそうしてりゃあいいんだ、なあ？」

「あぁ」

フェウダーが右手を挙げて、アタルが応《こた》えるように軽くハイタッチをする。

その様子を見ていたエルトラムもニヤリと笑っていた。

徐々《じょじょ》に列は捌《さば》かれていき、終わった冒険者は近所の酒場や自宅や宿へと向かって行った。

「おう、次は俺だな」

そして、ようやくフェウダーの順番が回ってくる。

「それじゃ、これを頼《たの》む」

「はい、お預かりします」

冒険者ギルドカードを受け取った受付嬢《うけつけじょう》は、フェウダーのカードを確認《かくにん》用の魔《ま》道具へと接地してチェックしていく。

「…………こ、これはすごいです！　黒竜の討伐記録！　まさか黒竜に止めを刺《さ》されるとは……さすがSランク冒険者のフェウダーさんですね！」

強力な黒竜を倒《たお》した竜殺しのフェウダーのことをきらきらとしたまなざしで見る受付嬢は称賛する。

受付嬢は冒険者を仕事の相手としか認識《にんしき》していないことが多い。

しかし、Sランクともなれば憧《あこが》れの的であり、先ほどの喧騒《けんそう》を鎮《しず》めた姿もさすがフェウダー、として彼女《かのじょ》の目には映っていた。

「それでは、次は私の記録確認をお願いします」

順番の回ってきたキャロがカードを提示し、同じように受付嬢が確認を行う。

「…………こ、これは、黒竜との戦闘《せんとう》記録。それも二人分……ということは、契約《けいやく》されている魔物や精霊《せいれい》なども一緒《いっしょ》に戦われたということですね？」

「あー、そうだと思います。こちらのバル君と一緒に戦ったのでその記録が入っているのかと……ってすごいですね！　そんなデータまで記録されるんですか」

契約者《けいやくしゃ》の戦闘データも記録されるだけの機能があることにキャロは驚いていた。

「はい、とても優秀《ゆうしゅう》な魔道具です。キャロさんもすごいですね。ランクは高くないのに黒竜と戦われたなんて……しかも、数値を見る限りかなり攻撃《こうげき》を当てているみたいです！」

今度は同じ女性で、小柄《こがら》なキャロが黒竜との戦いで活躍したことを驚き交じりの表情で称賛する。

粗暴《そぼう》な男性冒険者が多い中で、彼女のような女性が活躍するのは受付嬢にとっても嬉《うれ》しいことだった。

「あー、それじゃあ俺が最後か。それじゃあ、よろしく頼む」

やっと回ってきたため、アタルは疲れた表情でカードを受付嬢に渡す。

気の抜けたアタルの様子を見ていた受付嬢は、最後に大したことのない冒険者がやってきたなと半ばあきれ交じりに思っていた。

「それでは、カードをお預かりします」

「ふわあ」

彼女がカードを受け取ると、アタルはのんびりとあくびをする。

休憩はとったものの、戦闘の疲れは抜けきっておらず、眠気《ねむけ》が残っていたからだ。

「…………はい、結果でましたよ…………って、えっ？」

最後の方に来たからには竜に一撃《いちげき》でも入れているのだろうと踏《ふ》んでいた受付嬢は、アタルの結果を見てぽかんとした顔とともに固まってしまう。

「どうしたの？　…………えっ？」

別の受付嬢が横から結果を覗《のぞ》き込んで同じように驚き、固まってしまった。

「なあ、眠いからそろそろ帰りたいんだけど、まだ終わらないのか？」

「えっと、その、これ機械の故障じゃないわよね？」

あまりの驚きの結果に受付嬢たちは結果を確認しあっている。

「じゃあ、こっちの使ってみましょう」

アタルのギルドカードが示す結果に納得《なっとく》がいかなかったのか、そのうちの一人が別の魔道具を持ってきて、そちらで結果をチェックすることにする。

しかし、同じ結果が出てしまうため、どうしたものかと困惑《こんわく》していた。

「おう、お嬢《じょう》ちゃんたち。どんな結果が出たのかおおよそ検討はついているが、それは正解だ。こいつが残した実績で間違いない。俺《おれ》が保証しよう」

アタルの後ろから現れたフェウダーが力強い声音《こわね》で太鼓判《たいこばん》を押してくれたため、受付嬢たちはその結果を受け入れることにする。

「し、失礼しました。アタルさんの結果は……」

ほとんどの冒険者が既《すで》にギルドをあとにしていたが、他の冒険者の結果に聞き耳を立てようと残っている者がいた。

彼らは受付嬢の言葉の続きに期待と緊張を持ちながら耳を澄《す》ませる。

「——オニキスドラゴン一匹討伐《いっぴきとうばつ》、翼竜五十匹討伐、火竜《かりゅう》、氷竜《ひょうりゅう》、雷竜《らいりゅう》への攻撃参加。以上がアタルさんの結果となります」

しんと静まり返ったギルドホールには、いまだ困惑気味の受付嬢が告げたアタルの結果が響《ひび》き渡る。

「それじゃ、カード返してくれ」

「は、はい」

凄《すご》い結果を残しながらも当のアタルは興味なさそうにカードを受け取る。

しかし、冒険者たちはそれでは済まなかった。

「おいおい、すげーな！」

「最後の戦いはすごかったからなあ……」

「ってか、俺たちの戦いの援護《えんご》までしてくれていたのかよ」

「そういえば、謎《なぞ》の攻撃で火竜の動きが止まった時があったな……」

これらは、今回の戦いに参加した冒険者たちの言葉である。

誰《だれ》しもがアタルの結果を疑うことなく、隠《かく》れた功績を知って、なおさらに彼《かれ》の結果を称賛する。

「おいおい、あいつランク低いんだろ？　それなのにそんな結果出せるわけがないだろ！」

「機械ぶっ壊《こわ》れてるんじゃねーの？　そもそもチェックとかちゃんとされてるのか怪《あや》しいもんだぜ」

「ははっ、俺たちも別の依頼受けてなかったら参加したのになあ。そうしたら、遊んでるだけで報酬もらえて万々歳《ばんばんざい》だったぜ」

参加していなかった冒険者はとんでもない結果を聞いてとても信じられず、へらへらと笑いながら馬鹿《ばか》にしていた。

アタル自身は何も気にしていないが、他の冒険者たちにとってその言動は許していいものではなかった。

「おい、お前たち！　戦ってもいないのにくだらないことを言ってるんじゃない！」

「な、なんだよ」

冒険者同士の小競《こぜ》り合《あ》いが始まるが、すぐにフェウダーが締《し》めにいって、それを制した。

そこからは、揉《も》めた冒険者を全員連れて酒場に繰《く》り出《だ》していった。

「え……えっと、フェウダーさんは行ってしまいましたが、今回のみなさんの結果と素材を全て確認して、後日報酬の配布をしたいと思います。今回は素材も人数もかなりの量になりますので……そうですね、三日後以降にいらっしゃって下さい」

「わかった、それじゃあ俺たちは帰る。キャロ、バル、イフリア行くぞ」

アタルたちがギルドから外に出ると、そこには騎士が数人待機していた。

「アタル様、キャロ様、王が城で待っていますのでお越《こ》し下さい」

迎《むか》えに来たのは今回の戦いに参加していなかった騎士であり、アタルたちの状況を知らない。命令だから仕方なくといった様子で対応しているのが目に見えた。

「はあ……悪いんだがちょっと無理だ」

「はっ？」

王の命を断ったアタルに対して騎士は驚く。

彼にとって、王の命は何よりも順守すべきものであった。

「まあ、王城勤めだったらその反応になるのも理解できるけどな……」

「あのっ、私たちは王様の命により北の森を襲撃《しゅうげき》した竜退治に参加してきました。そして、カードによる貢献度《こうけんど》確認《かくにん》のために冒険者ギルドにやってきましたっ。つけ加えると、冒険者ギルドではカード確認までに長蛇《ちょうだ》の列が作られていてそこに並んでいましたっ……なので、その……」

キャロは疲れているアタルの代わりに説明するが、その表情は申し訳なさそうである。

「あ……えっと、その、みなさんは戦いのあとで、疲れて、いる……？」

騎士のこの回答に、やれやれといったようにため息を吐《つ》いたアタルは疲れた表情で頷く。

「その通り……」

「も、申し訳ありません！　私はお二人を城に連れてくることだけ命じられてきたもので、状況を知らされていなかったのです！　上の者には明日来城されると伝えます！　それでよろしいでしょうか？」

上の者の話では、来られそうだったら来てほしいということだったが、呼びに来た騎士が聞いた段階では是非《ぜひ》連れてくるようにという風に内容が変わっていたらしい。

「悪いな、そうしてくれると助かる。それじゃあ俺たちは宿に行くから……まあ、あんたにどうにもできなくなったら捜《さが》してくれ。俺がなんとかするから……」

そう言うと、アタルはキャロたちを伴《ともな》って宿へと向かって行った。

「承知しました！　……竜退治、すごい人たちだ！　これは必ず上を説得しないと！」

その背中を見送った騎士は、強い使命感にかられた結果、アタルたちがゆっくり休めるようにと戻《もど》ってから大演説を繰り広《ひろ》げることになる。

第九話　王城と黒幕

昨日、報告を受けた王はアタルたちをゆっくり休ませることを選択《せんたく》して、翌日の来訪を待つことにしたのか、アタルたちのもとへ来ることはなかった。

「——いやあ、朝までよく寝たなあ」

十分に休息をとって普段通りの調子を取り戻したアタルは王城への道を歩きながらぐぐっと伸《の》びをしている。

「昨日は激戦でしたからねえ、ベッドに入ったらぐっすりでしたっ」

魔力《まりよく》の枯渇《こかつ》まではいってなかったものの、キャロもかなりの魔力を消費していた。

加えて、その後の解体作業にも率先して参加していたため、ベッドに入ってから朝起きるまで一度も目覚めることなく、眠りについていた。

「まあ……朝と言いつつ、昼前まで寝ていたのは予想外だったがな」

アタルたちは早めの昼食をとってから城に向かっていた。

「ちょっと、遅くなっちゃいましたねっ」

「まあ、大丈夫だろ」

苦笑気味のキャロは王たちのことを少し気にかけていたが、アタルはやることをやってきただけであるので、いたって落ち着いている。

バルキアスとイフリアは無言だったが、まだ眠《ねむ》いために口数が少ないようだった。

そんなやりとりをしているうちにアタルたちは王城へと到着する。

到着するや、衛兵は二人を城内へと案内する。

前回のように控室《ひかえしつ》に案内されるかと思いきやそうではなく、かといって謁見《えっけん》の間に案内されるかと思えばそうでもなく、結果アタルたちは王の私室へと案内されていた。

「こちらになります。どうぞ、お入りください」

アタルたちが到着したら、ノックなく通していいとの指示を受けていた衛兵は、その指示を全《まっと》うした。

「まあ、でもノックはするだろ」

対してアタルは軽くノックをして、声を待たずに扉《とびら》を開ける。

「おぉ、アタル殿《どの》、キャロ、バルキアス君に……そちらは新顔かな？　とにかくよく来てくれた。昨日は疲《つか》れているところに呼びに行かせてしまって申し訳なかった。いや、謝《あやま》らせてくれ」

頭を下げる王レグルスを見てキャロは慌《あわ》てて前に出る。

「わ、私の方こそ色々とごめんなさいですっ！　前の晩に色々と話して決めたのに、あっさりと約束を破って、挨拶もちゃんとできないままに逃《に》げるように行っちゃって……ごめんなさい！」

キャロは二度謝罪を口にすると、身体を九十度に曲げて頭を下げていた。

「ふふっ、キャロ様。頭をお上げ下さい。王が困っております」

それは穏《おだ》やかな大臣の言葉だった。

この部屋にはレグルス、大臣、アタル、キャロ、バルキアス、イフリアしかいない。

だから、気を遣《つか》わずに話すことができている。

「ご、ごごご、ごめんなさいです！」

だが言われた傍《そば》からキャロは頭を下げることになってしまった。

焦《あせ》りと混乱から耳をぱたぱたとさせながら慌てている。

「ほらキャロ、本当に困っているみたいだから頭を上げてやってくれ。というか、大臣さんはわかっていたんだろ？」

「……えっ？」

アタルの言葉に大臣は苦笑する一方で、キャロはキョトンとしている。

「いやいや、あのタイミングでキャロの装備を準備してあるっておかしいだろ。大臣さんはそもそもキャロが残らないってわかっていたってことだ。ああなるってわかっていたからこそ、キャロの装備を用意していたんだろうさ」

「えっ？」

そんなことだったとは知らなかったキャロは再びキョトンとしながら大臣を見ていた。

「私は、まあ、信じていたんだがな。それでも、その可能性は十分あると大臣から説明は受けていた。大臣の言う通りになったことにはさすがに驚いたが、それほどに彼らのことが大事なんだということも聞いていた」

穏やかな表情のレグルスはああなる可能性を事前に聞いていたことで、当日キャロがアタルとともに行くことを選んだ時には、やはりそうなのかと納得していた。

「まあ、そんなところだったんだろうな。それはそれとして、解決したと俺は思っているんだが……あっているか？」

アタルは大臣に質問し、大臣はレグルスに視線を向ける。

「うむ、問題ない。ただキャロが私の姪《めい》だという事実は変わらない……再度言うが、娘《むすめ》としてではなく姪として、こうやってたまに顔を出してくれると嬉しい。キャロ、こっちに来ておくれ」

レグルスに優《やさ》しい声でそう言われて、キャロは小走りで彼の近くへと行く。

「うむうむ、キャロが幸せならそれで十分だ。よしよし、いい子だ」

そばにいてほしい気持ちが消えたわけではないが、彼女の幸せを心から願うレグルスはいろんな思いを込めてキャロの頭を優しく撫《な》でる。

「っ……なんだか、お父さんにもこうやって撫でられたような気がします……」

ふにゃりと表情をやわらげたキャロは目を細め、レグルスの優しさを感じ、遠い記憶《きおく》の中にいる父親のことを思い出していた。その目じりには涙《なみだ》が浮《う》かんでいる。

そんな感動的な空気が流れる中に、突如《とつじょ》、窓のある方向からわざとらしいほどの拍手《はくしゅ》の音が聞こえてきた。

「――何やつ！」

本来なら窓の外にはバルコニーなどはなく、ただ美しい光景があるだけ。

何者かの気配を感じ取った大臣は剣《けん》を抜《ぬ》き、アタルは銃を構え、バルキアスとイフリアも戦闘態勢に入っている。

キャロも一瞬遅《いっしゅんおく》れたが、武器を構えていた。

「いやあ、これはとても感動的なシーンだ。いや、羨《うらや》ましい、楽しい――そう、素敵《すてき》だ！」

大げさなほどの身振《みぶ》りとともに窓枠《まどわく》に腰《こし》かけていたのは、アタルと因縁《いんねん》のある魔族、ラ

ーギルだった。にんまりと嫌味《いやみ》を感じるほどの笑顔をしている。

「まさか君が王族だったとはねえ。いやいや、人というのはわからないものだな。それでついに叔父《おじ》さんと会うことができた。いいねえ、こんな感動的なシーンに出会えるなんてやってきてよかったよ！」

楽しそうに笑うラーギル。

しかし、その笑顔は純粋《じゅんすい》な笑顔ではなく、どこまでも馬鹿にしているような、あざ笑っているかのような笑顔である。

「くっくっく、いいものを見せてもらったよ。それに、アタル君はオニキスドラゴンを倒《たお》したんだってね。いやあ、やっぱり君は強い……」

「黙《だま》れ」

因縁の相手との再会に、アタルはラーギルの言葉を遮《さえぎ》るように引き金を引いた。

しかし、弾丸《だんがん》はラーギルを通《とお》り抜けて空中に飛んでいった。

「はっはっは！　君がいるのはわかっていたさ。遠距離《えんきょり》攻撃《こうげき》が得意な君がいるのに、本体がくるはずがないだろう？　ここにいるのは魔法《まほう》で作り出した幻《まぼろし》だよ」

「なるほど、立体映像を魔道具かなにかで作り出しているのか。魔法の力なのか科学の力なのかわからないが大したものだ。まあ、声を届ける魔道具はあるみたいだが、テレビ電話みたいに本当の遠距離《えんきょり》で映像を送れるほどの物は作れないだろ？　まさかそこまでの技術力があるとは思えないからなあ」

鼻で笑いながらそう言ったアタルの言葉を挑発《ちょうはつ》だととらえたラーギルは、ギリッと歯をかみしめる。

「お前ってやつは、ほんっとうにムカつくやつだな！」

「いやいや、これでも褒《ほ》めているんだぞ？　これだけの性能のものをここで見られるとは思いもしなかった。ここまで何度も戦ってきたけど、お前のことは面白《おもしろ》いものを作るやつだと思っていたからな。でも、超遠距離《ちょうえんきょり》で映像は送れないのは本当のことだろ？」

アタルは感心している風に声をかける。

「はっ、まあお前くらいしか俺の作るもののすごさはわからないみたいだからな。確かにお前が言うようにまだ距離《きょり》はそれほど離《はな》れているのは難しい。しかし、すぐにそれも可能になるさ。まだ研究中というものだな」

調子にのって説明してくれるラーギルの言葉を聞いたアタルは頷《うなず》く。

そして、アタル、キャロ、バルキアス、イフリアは窓から飛び出した。

「ど、どういうことだ！」

「アタル殿！」

レグルスと大臣は驚《おどろ》いて声を出すが、既にアタルたちの姿は部屋の中にない。

映像のラーギルも驚愕《きょうがく》の表情のまま固まっている。

アタルは、窓から出てすぐにサイズを大きくしたイフリアの背中に乗って周囲を見渡《みわた》している。

「――あれだ！」

城の中で煙《けむり》があがっている場所を発見して、アタルたちがそこへ駆けつける。

「早く運び出せ！」

「ダメだ！　命を優先しろ！」

煙が上がっているのは城の倉庫であり、そこには色々なものが収蔵されていた。

価値のあるものもあるため、それを優先する者、物よりも命を優先する者、動けなくなっている者、上司の命令を待つ者、逃げ惑《まど》う者、阿鼻叫喚《あびきょうかん》といった様相になっている。

「おい！　何があった？」

手近の騎士《きし》を呼び止めたアタルが質問する。

「敵襲《てきしゅう》だ！　倉庫が襲《おそ》われた！」

状況《じょうきょう》を見ても彼の言う通りである、一目瞭然《いちもくりょうぜん》である。

アタルが聞きたかったのは、誰が襲ってきたのか、何を取っていったのかだったが、混乱の渦中《かちゅう》にいる彼らから正確な情報を聞き出せずにいる。

「……くそっ！」

先ほど姿を見せたのはラーギルであり、そのすぐあとにこの騒動《そうどう》ともなれば、彼が原因であることは容易に想像がつく。

悔《くや》しさにアタルの口から舌打ちが思わず飛び出す。

「はっはっは！　いやいや、そんな顔が見られるっていうのは楽しいものだねえ。焦って、急いで動いて、でも状況はわからない、何をすればいいのかもわからない。そんな状況で戸惑《とまど》う姿は酷《ひど》く滑稽《こっけい》で……実に面白い」

愉悦《ゆえつ》の表情を浮かべて笑うラーギルの姿は、城にある小さな塔《とう》の上にあった。

その手には見覚えのある宝石のような物が握《にぎ》られていた。

「アタル様っ！　あれはオニキスドラゴンの核《かく》ですっ！」

指をさすキャロの指摘《してき》どおりの物をラーギルは持っており、それが彼の狙《ねら》いだった。

今回手に入った竜素材のほとんどは冒険者《ぼうけんしゃ》ギルドの倉庫に運び込まれ、ギルド職員によって鑑定《かんてい》が行われている。

だが、オニキスドラゴンの核だけは希少であり、警備も完全な城に騎士隊長の手によって運び込まれていた。

城の倉庫は敵襲に備えて強固な素材で作られていたため、他《ほか》への被害《ひがい》は少なく済んだことだけが幸いである。

これが冒険者ギルドの倉庫だった場合、一般《いっぱん》の職員が被害にあい、更《さら》に冒険者ギルドの建物ごと破壊《はかい》されていた可能性が高かった。

「いやあ、あれほど早く陽動だと見抜《みぬ》かれるとは思ってなかったけど、目的のものが手に入ってよかったよ。いやあ、君たちが倒してくれて、解体まで綺麗にやってくれたからこーんなに簡単に手に入って助かったよ」

そう言ってラーギルはうっとりとしたまなざしでオニキスドラゴンの核を撫でる。

この言葉から、ラーギルはもともとオニキスドラゴンの核を狙っていたことがわかる。

加えて竜の件に関しても彼が関《かか》わっていることも。

「なぜそれを狙う！　お前があいつの母親を殺したのか！」

アタルはライフルに持《も》ち替《か》えて狙いをつけた状態でラーギルを怒鳴りつける。

「くっくっく、はっはっは！　いやあ、必死だねえ、滑稽だねえ、楽しいねえ！　面白いものを見せてくれたお礼に少し説明してあげるとしようじゃないか」

機嫌《きげん》よく高笑いしたラーギルは、ニヤニヤと笑いながらアタルを見下ろしている。

今度は映像ではなく本体であるが、その隣には防御《ぼうぎょ》用のゴーレムが二体待機している。

自らの安全を確保できているからこそ、彼は姿を現していた。

「宝石竜の核はね、とても大きくて、とてもとても強大な力を持っているんだよ。これがあれば色々と研究が捗《はかど》る。それもこれも君たちがあの馬鹿な竜を倒してくれたおかげだよ。本当にありがとう」

恭《うやうや》しく頭を下げるラーギルをアタルたちは睨《にら》みつけている。

「ちなみに言っておくと、あいつの母親を殺したのは確かに僕だ。アレは弱っていたから実に楽だったよ。そのおかげで長年の魔力が蓄積《ちくせき》された強力な核を手に入れることができたんだ」

ラーギルはより大きな核を取り出して、それを自慢《じまん》げにアタルたちに見せつける。

「ははっ、子どものほうは僕が犯人だとも知らずに言うことを鵜呑《うの》みにして動いてくれたから助かったよ。四神の力を持つ人間と、そいつが今いる獣人の国が全《すべ》ての元凶《げんきょう》だってね。子どもといっても宝石竜だからね。その力があればもしかしたらお前のことも殺してくれるんじゃないかと思ったんだけど……やっぱりガキはガキか」

最後の言葉には思い通りにならなかったことへの怒《いか》りが籠《こ》もっており、その部分でラーギルの本性《ほんしょう》が垣間見《かいまみ》える。

「なぜ両方手に入れようとした！」

安全面で考えれば今回の子どもの核を手に入れる必要はなく、親の核だけでも十分な力を持っている。

にもかかわらずラーギルは姿を見せ、陽動までして実力者のいる城を急襲《きゅうしゅう》し、それを手に入れていた。

「あー、いいところに気づいたねえ。でも、そこまで丁寧《ていねい》に説明してあげる義務はないよ。ヒントをあげるとしたら使い方がちょこっとだけ違《ちが》うというくらいかな」

「……そうか」

これ以上説明するつもりがないと判断したアタルはライフルの引き金を引く。

狙うはラーギル――ではなく、隣にいる二体のゴーレムの頭部。

重ねれば一発程度ラーギルを守ることはできるかもしれない。

ゆえに、アタルは先手を打ってゴーレムを潰《つぶ》す。

「終わりだ」

そう告げるとアタルはラーギルの頭部めがけて弾丸を放つ。

玄武《げんぶ》の力を込めた貫通弾《かんつうだん》。

ゴーレムが倒れたことに驚いているラーギル。

その驚いている顔に弾丸が命中する、と思われた瞬間《しゅんかん》、弾丸は空中で止まり、そのままぽとりと落下する。

「ラーギル様、必要な物が手に入ったのであれば早々に引きましょう。これ以上、こんな場所にいる理由はありませんし、なによりあの男……危険です」

冷たくはっきりとそう言ったのは、ラーギルの部下の女性であった。

頭部には角が二本生えており、深紅《しんく》のロングヘアで長身の凛々《りり》しい彼女は、右手を前に出し、ラーギルを守るための魔法障壁《まほうしょうへき》を展開していた。

「なんだと？」

アタルは弾丸をあっさりと止められたことに驚いている。

通常の弾《たま》が防がれたのであれば納得できるが、今放ったのは強力な玄武の弾丸である。

それを止めるだけの力を持っているということは、相当な力を持っていることだ。

「もしかして……！」

女性の正体に思い当たったアタルはすぐに魔眼《まがん》を発動させて、その女性の姿を確認していく。

強大なオーラをまとっており、それは四神や宝石竜と同等の力を持っている。

それよりも驚くべきことは、額に埋《う》まっている赤い宝石だった。

「お前も宝石竜か！」

アタルの指摘を受けてニヤリと笑うラーギル。

「やっぱりお前は面白いなあ。そこまで見抜かれるとは思ってなかったよ……まあ、そういうことだから俺は彼女の指摘に従って退散させてもらうよ。それじゃあな！」

アタルはラーギルが言葉を言い終えるまでに数発の弾丸を再度撃ち込んだが、全てお供の女性に防がれてしまった。

「……あなたが倒したオニキスドラゴンは宝石竜の中でも弱い種よ。それに、あの子はまだほんの小さな子ども。我々宝石竜は核に魔力を蓄積することで力を増す。あの子が生きたのはたかだか百年程度。私の年齢《ねんれい》は千を超《こ》えているわ」

それだけ淡々《たんたん》とした口調で言い残すと、彼女はラーギルとともに姿を消した。

「……こいつはとんでもないことだな。エルトラムの話だと世界に宝石竜は七匹《ひき》しかいないらしい。それが二日間の間に二匹に会うってすごい確率だ」

「ビックリですねっ」

既に逃《に》げ去ってしまったラーギルたちから、話題は宝石竜の存在に移っている。

「まあ、なんにしても部屋に戻って色々と話をしないといけないな……」

「ですねえ……」

レグルスと大臣は王の客室にある窓から身を乗り出して、イフリアの背中に乗って戻ってくるアタルたちに視線を向けていた。

部屋に戻ったアタルたちは、一度落ち着くためにそれぞれがお茶を飲む。

一杯《いっぱい》を飲み干したところで、アタルが口を開いた。

「まあ、いきなり色々起こったことで王様も大臣さんも驚いていることだろうな」

アタルが言うと、早く話が聞きたいといった様子の二人は勢い良く頷いている。

「それじゃあ、一つずつ説明していこう……まず、さっき現れた男。あいつの名前はラーギルといって、これまでに何度か俺たちと戦っている。魔族だけあって本人の力もそれなりに強いやつだが、それ以上にあいつは何かを発明したり、他者の力を使ったりするのが上手《うま》いらしい」

先ほど宝石竜を引き連れていたのも、以前特別な魔道具を作っていたのも、巨人《きょじん》の国で騎士に特別な薬を与《あた》えていたのも全て彼の能力だった。

「魔族……」

「まさか、魔族などという者がこんな場内にまで現れるとは……」

一般的《いっぱんてき》に魔族とは自分たちが生息する地域、主に北方の一地域から出てくることはない。

それが獣人の国にある城という中枢《ちゅうすう》に攻《せ》め込んできている。

それは考えられないほどの大事件であった。

「過去に会ったのは、魔素の濃《こ》い場所、巨人の国の暗躍《あんやく》、それに今回この国にオニキスドラゴンをけしかけたのもラーギルだ。あいつの目的はオニキスドラゴンの核で、それを使って何かをしようとしているらしい……どうせ良くないことだろうな。それこそ世界を揺《ゆ》るがすような大きな事件に繋《つな》がっていくはずだ……」

アタルはこれまでのラーギルとのやりとりで、彼の邪悪《じやあく》さ、好奇心《こうきしん》、頭の良さを感じ取っていた。

「なんてことだ……」

「宝石竜の核ともなれば、相当な力を持っているからなんでもできるはずだ……本当にまずい」

この説明を聞いてレグルスも大臣も、危険な状況になっていることを理解した。

「ところで……エルトラムもだけど、王様も大臣さんも宝石竜のことを知っているみたいだが、良ければ詳《くわ》しい話を聞かせてもらえないか？」

自分ばかりが一方的に情報を提供しているため、ここでアタルは反対に彼らへ話を振《ふ》ってみることにする。

「ふむ、それでは私が知る限りの情報を伝えよう」

そう言うと、レグルスは先ほどのアタルと同じようにお茶を飲み干す。

「宝石竜とは世界に七種いると言われている伝説級の竜だ。基本的には一種につき一匹しか存在しないはずだが、今回のオニキスドラゴンは珍《めずら》しく母と子で同時に生きていたようだ」

あくまで今回の件は世代を引《ひ》き継《つ》ぐための特殊《とくしゅ》な状況だったと考えられる。

「戦った君たちならわかると思うが、その力は竜種最強と言われており、他の竜種を一匹のみで凌駕《りょうが》するものがある。君たちが戦ったオニキスをはじめ、エメラルド、ルビー、アクアマリン、ダイヤモンド、トパーズ、アメジストの全七種になる。なぜこのことを我々が知っているのかというのは物語に残っているからだ」

なら、キャロも知っているのかとアタルが顔を見るが、申し訳なさそうな表情で彼女は首を横に振る。

「キャロが知らないのも無理はない。この物語は各王家に伝わるもので、知っているのも私のような王族や、大臣クラスくらいまでになるだろう。そもそもその存在を見ることはほとんどないために、疑っている者も少なくないはずだ」

アタルはその話を聞いて、一つの可能性に思い当たる。

「七匹の竜、七つの核……オニキスドラゴンの核は二つ……」

アタルの中で考えがまとまりそうになった瞬間、視界が暗転してアタルはその場で意識を失った。

第十話　神との邂逅《かいこう》

「ん、んー……？」

アタルは目を開くと、周囲を見回していく。

そこは何度か訪《おとず》れている、見慣れた光景であり、そこでアタルを待っていたのも見慣れた人物だった。

『久しぶりじゃな』

出迎《でむか》えてくれたのは、アタルにライフルやハンドガンという武器に魔眼、それに合わせた弾丸製造能力を与えてくれた神だった。

「あぁ、久しぶりだな」

『うむ、とりあえず茶でも飲むといい。せんべいも用意しておいたぞ』

神が用意してくれたのは静岡《しずおか》産の緑茶と、都内の某老舗《ぼうしにせ》で買うことができる醤油《しょうゆ》せんべいだった。

「これはこれはどうも、いただきます」

ちゃぶ台の周りに敷《し》かれている座布団《ざぶとん》に正座すると、アタルはお茶をふーふーと冷ましながら飲んでいく。

「美味《うま》い！　これは結構なお手前で」

『うむ、アタルの好みに合わせて濃すぎないようにいれてみた。ささっ、そっちのせんべいも食べてみてくれ』

促《うなが》されて、アタルは一枚手に取って口に運ぶ。

バリンッという気持ちのいい音とともにせんべいが割れる。

「ボリボリボリ、美味い！　これは美味い！」

アタルは一気に一枚食べ終えると、次の一枚、次の一枚と食べていき、合計で三枚を食べ終えた。

「いやあ、美味いなあ。そこらへんで買える安物とは違う、良いものだ。せんべいなんて食べたのどれくらいぶりだ？……というか、この世界にもせんべい、じゃないな。米はあるのか？」

日本人にとって、アタルにとってご飯は慣れ親しんだ主食であり、今でもふいに食べたくなるものだった。

『米、米か……確かどこかにあったような気がするが……ちょっと待っておれ』

そう言うと、神は空中に向かって指を動かしていく。

知らない誰かが見たら、老人が空に何やら絵を描《えが》いているかのように見える。

しかし、アタルの魔眼にはそこに一枚のスクリーンが映し出されていた。

「なるほど、地球でいうインターネットみたいなものか。あの世界のことを調べる力っていうのは便利だな」

『ほっほっほ、神の特権というものじゃな。わしの世界に関して色々と検索《けんさく》することができるもので、まあお前さんがいうようにインターネットの検索機能のようなもんじゃな……おっ、結果がでたぞ。米は東方の地にあるようだ。生息数は極端《きょくたん》に多くはないようじゃな……料理に使ってはおらず、ただ自生しているだけのようじゃ』

その説明にアタルの表情は険しくなる。

「うーーーーん、つまり料理として発展はしていないということか。そこは少し残念だけど、手に入るなら手に入れたいなあ。なんとか増やしてご飯をこの世界に広めていきたい。卵かけご飯、丼《どんぶり》もの、チャーハン、ピラフにドリア……よっしゃ、それも目的の一つにして旅をしよう！」

『ごほん！』

アタルがご飯を夢見ているところで、神が咳払《せきばら》いをする。

『喜んでもらって嬉《うれ》しいのぉ。ちなみに、この能力もお前さんが欲《ほ》しいというなら簡易版にはなるがやってもよいぞ？』

「あー、ありがたい申し出だけど、さすがに検索能力があっちゃ面白くないからな。今回は久しぶりの再会で、特別ってことで聞いたけどこれ以上は過剰《かじょう》だな」

アタルの答えを聞いた神はニコリと笑う。

『うむうむ、そういうところじゃよ。わしがお前さんのことを気に入っている理由。一部分では欲を見せるがそれは過剰ではない。そして、自分の手に余るものがなんであるかを理解している。あの世界に送り込んだのがお主でよかったよ』

神はアタルの判断や考え方に満足していた。

「よし、希望が見えたところで話を聞こうじゃないか。なんで俺《おれ》はここに呼ばれたんだ？何か用事があって呼び出したんだろ？」

『おぉ、そうじゃったそうじゃった。お前さんが喜んでくれるのが楽しくてついつい話が横道に逸《そ》れてしまった』

神は本題を完全に忘れており、アタルの言葉で思い出していた。

『おほん、今回お主を呼び出したのは宝石竜《ほうせきりゅう》のうちの一匹、オニキスドラゴンとの戦いと魔《ま》族《ぞく》のラーギルについての話じゃ』

やはりそうかとアタルは頷く。

こちらに呼び出されたタイミングや、今回ここに来るまでに起こった事件を考えると宝石竜の件か四神の件くらいだろうと予想していた。

『白虎《びゃっこ》とも戦っておったが、それだけだったら呼ぶつもりもなかったんじゃが、この世界における大きな問題である四神に続いて宝石竜にまで絡《から》んだとなると説明しておかぬわけにはいかんからのう……この世界に送り出した時はまさかこれほど問題の渦中にいることになるとは思っておらんかった……』

この世界に一石を投じる気持ちで、小さな問題を解決しながら旅を楽しんでもらえればいいというつもりで、アタルをこちらの世界に転生させていた。

それが、各国で大きな問題を解決していき、いつの間にか戦いの中心に存在するような立ち位置にいるアタルたち。

今回は突発的《とっぱつてき》な戦闘《せんとう》だったが、今後はもっと強力な相手と戦う可能性を考えて、説明の必要があると神は考えていた。

『宝石竜の話はここに来る前に獣人《じゅうじん》の国の王に聞いておったな』

「あぁ、確か七種類いて、基本的には一種につき一匹でかなりの力を持っているってことだったな。あと、あの赤いやつの話からすると俺たちが倒したオニキスドラゴンは成体じゃないから実力は低いとかってことだったな」

アタルの説明に神は頷いていた。

ここまでの話に間違《まちが》いや問題はないと。

『概《おおむ》ね合っておるが、少し情報が足らないんじゃよ……宝石竜は一般的には七種類、宝石の名前を冠《かん》するものじゃな。じゃが、本来の宝石竜は八種類おるんじゃよ』

「おいおい、それってまさかアレじゃないのか」

アタルは一つ気になっていることがあった。

ラーギルがわざわざあんな遠回りなことをしてまで宝石竜の核を集めていたこと。

その理由がこの話にあるのではないかと。

『ふむ、恐《おそ》らくお前さんが予想しているものであっておる。七種の宝石竜の核を集めて儀《ぎ》式《しき》を行うことで最後の八種類目の最強、最凶の宝石竜がよみがえる。恐らくラーギルは最後の宝石竜を復活させて自分の手駒《てごま》として使うつもりじゃろう。オニキスドラゴンなど目じゃないくらいには強い』

アタルとイフリアが協力してやっとのことで倒したオニキスドラゴン。

倒した後はしばらく休まなければ動けないほどだった。

『あれが成体だったとしても、ブレスの威力《いりょく》一つとってもけた違いだと思ってもらっていい』

神の絶望的な宣告に対して、さすがのアタルも腕《うで》を組んで考え込んでしまう。

アタルたちが圧倒的《あっとうてき》優位な状態で戦ったとしても、確実に勝てるかどうかわからない。

そんな強力な相手である。

その宝石竜に敵対関係にあるラーギルが関わっているとなれば、再び戦うことになるだろうと予想できた。

『以前倒した玄武、今回戦ってもらった白虎のような堕《お》ちた四神も問題じゃ。しかし、その力をお前さんたちは上手い具合に取り入れて戦っておる。今回の戦いにおいても四神の力がなければ難しい状況だったはずじゃ』

それに関してはアタルも同意している。

『じゃから、お前さんたちには早いうちに残りの二柱の力を手に入れてもらいたい。つまりは朱雀《すざく》と青龍《せいりゅう》じゃな。あやつらが今どんな状況にあるかは検索でも調べることができん。なにせ神じゃからのう。玄武のように理性をなくして暴れまわっているのか、白虎のように魂《たましい》だけの存在になっているのか……』

「まあ、いつも通りやるだけだ。まあ、四神の魂を苦しみから解放してやりたいというバルキアスの望みに、もう一つ理由ができたってことだな。とりあえず今は獣人の国にいるから、そこで情報を集めてみるつもりだ。で、手に入った情報をもとに動いていく。情報が見つからなかったら別の国や街に移動してそこで情報を集める。そんなところだな」

これまでと同様のやり方で四神の情報を集めて、集まり次第《しだい》現場に向かう。足で情報を稼《かせ》ぐ方法になるが、これが最も確実な方法だった。

『最後の宝石竜が復活してしまえばどうなるかわからん。既《すで》に名前があがっている七種の宝石。あれらは地球でも硬度《こうど》の高いものが多く、こちらの世界ではそれに強力な魔力《まりょく》が封《ふう》入《にゅう》されることで竜自身を強化しておる。硬度の話でいえば、ダイヤモンドが最も強いと言われているが……どれも油断できんじゃろうな』

「最後の宝石竜……そいつってなんて種類の宝石なんだ？　今の話にあったように、宝石で一番硬《かた》くて人気があって強そうなのはダイヤモンドだ。でも、それじゃないという。だったら何になるんだ？　オパール？　ブルーサファイア？　ガーネット？　ラピスラズリ？　ペリドット？　アレキサンドライト？」

アタルはゲームなどで知った宝石名を並べていくが、神はその全てにおいて首を横に振っている。

「じゃあ、なんなんだ？」

『……ロンズデーライト。それが最後の宝石竜の名前じゃよ。聞き覚えがないという顔をしておるな』

その言葉にアタルは頷く。

いわゆるロールプレイングゲームでは、多くの宝石が登場する。

ゲームによって登場する種類は違うが、それらは装備やアクセサリーに使われるもので、七種の宝石竜についているものも、アタルが列挙したものもほとんどがゲームに登場する。

そうでなくても、なんとなく耳にしたことはある程度には知名度があった。

しかし、今回の宝石名は全くピンとこないものであり、地球にも存在するのか？　と首を傾《かし》げている。

『一応説明しておくと、地球にも存在するものじゃよ。ダイヤモンドよりも硬いといわれているもので、地球に飛来する隕石《いんせき》の中に少量含有《がんゆう》されておったものじゃ』

そう説明している神の視線はアタルに向いておらず、ちゃぶ台の下をチラチラ確認《かくにん》しているようだった。

「ん？」

アタルがその挙動を怪《あや》しんで、ちゃぶ台の下を覗《のぞ》き込むと、さきほどの検索ツールを起動してその説明を読んでいた。

「おいおい、知ってるんじゃなくて調べた情報か。まあ、いいけどさ」

『うっ、ばれてしまったか。そうじゃ、これは神ペディアといってな。色々な物やことの情報を調べることができるんじゃ。それこそ、こちらの世界のことだけでなく地球のことものう』

「ははっ、面白いネーミングだな。調べていることは別にいいさ。ただ、俺に見えるとこでやってもらって大丈夫《だいじょうぶ》ってことさ。俺とあんたの仲じゃないか」

気を許した表情で笑うアタルはこの神に親しみを覚えていた。

転生する時に一緒《いっしょ》に武器の種類や見た目のことを考えて、能力を考えて、色々なことを話し合った。

その時の経緯《けいい》から、ある程度心を許しあったと考えていた。

『ほっほっほ、そう言ってくれると嬉しいのう。神のわしは他の神と会うこともほとんどないし、こうやって軽口を叩《たた》ける相手もおらんからのう。では、堂々と確認するが、そのロンズデーライトの名を冠する宝石竜は硬度だけでなく、力も強い。戦うには四神全ての力が必要じゃ』

「なるほどな。とにもかくにも早々に情報を集めないといけないか……この国で情報を集めることはできるか？　それだけでも聞いておきたい」

先ほど検索は使わないと言ったアタルだったが、状況を考えれば最低限の情報は聞いておく必要があった。

『うむ、ここでなら手に入る。どう集めればいいかは……うむ、頑張《がんば》ってくれといったほうがいいのう？』

「あぁ、それだけでも十分だ。さて、そろそろか？」

アタルは手が薄《うす》くなってきたのを自分で感じていた。

『そうじゃな、今回は少々無理やり連れてきたからのう。また、会えるといいが……とにかく頑張っておくれ』

その声が徐々《じょじょ》に小さくなっていき、聞こえなくなった時にはアタルの意識も暗転する。

第十一話　四神の調査

「アタル様、お目覚めですか？」

「ん、キャロか。あぁ、ちょっと行ってきた」

「それでは、お帰りなさいですね」

「あぁ、ただいまだ」

目を覚ましたアタルは王の部屋にあるソファに寝《ね》かされており、キャロが膝枕《ひざまくら》をしていた。身体を起こしてそれを認識《にんしき》する。

「騒《さわ》がせて悪かったな。俺は気を失って倒れたんだろ？」

アタルは冷静に状況を把握《はあく》しており、立ち上がって身体を動かす。

「ア、アタル殿大丈夫《どのだいじょうぶ》なのか？　急に倒れたから驚いたぞ」

「だ、大丈夫《だいじょうぶ》ですか？」

レグルスと大臣も心配そうな表情でアタルの顔を見ている。

「あぁ、大丈夫だ。色々わかったよ。とりあえず宝石竜はやっぱりやばい。宝石竜っていうのは恐らく世界のあちこちにいるんだろう。たまたまこの国の近くにいたのがオニキスドラゴンだったわけだ」

当然のことを急に説明し始めたアタルに、みんなが首を傾げる。

「世界中にいるにも関わらずだ。今回の戦いから考えてアレとまともに戦えるのは俺たちとSランク冒険者しかいないということだ」

それでも語ることを止《や》めないアタルの言葉に、レグルスと大臣の顔が青ざめる。

「つけ加えさせてもらうと、今回俺たちは確かにオニキスドラゴンを倒《たお》したが、あれは成体ではない弱い個体だ。つまり、他のやつらはアレよりももっともっと強いということだな。正直、勝ちはしたものの、俺は戦いが終わったあとぶっ倒れるくらいには疲《つか》れたよ」

アタルほどの実力者が全身全霊《ぜんしんぜんれい》で戦って、やっと倒せた相手。

それよりも強い相手が世界中に散らばっているという事実はレグルスたちの心を打ちのめす。

「もう一つ付け足すが、ハッキリ言ってフェウダーの実力では一人でオニキスドラゴンとまともに戦うことはできないだろう――悪いが実力不足だ。キャロ」

アタルは直接フェウダーの戦いを見ていないため、キャロにそれを確認する。

「はいっ、私はフェウダーさんとともに黒竜と戦いました。フェウダーさんの一番の攻撃《こうげき》は対竜技《りゅうぎ》で、武器の名前と同じドラゴンスレイヤーというものです。黒竜を一刀両断にするほどの威力を持っていました」

キャロはあの時の戦いを思い出しながら説明していく。

「竜殺しという二つ名にふさわしいだけの威力を持っていて、あの場所にいた冒険者や騎士の方々の中でもトップクラスの攻撃力《こうげきりょく》を持っていました。ですが、エルトラムさんもフェウダーさんご本人も言っていました。ドラゴンスレイヤーでもオニキスドラゴンを倒すことはできない、と」

キャロから伝えられた事実に、レグルスは顔を手で覆《おお》い、大臣は天井《てんじょう》を仰《あお》ぐ。

「俺たちの実力も足りない。だから、キャロ、バル、イフリア、四神を捜して力を手に入れるぞ。今は俺の玄武、バルの白虎の二つだけだ。ほかの宝石竜と戦っていくには力をつけていかないといけないからな」

アタルはこれまでで一番真剣《しんけん》な表情で言う。

「アタル、様……?」

その様子がおかしいことにキャロは気づく。

「あぁ、この話にはまだ続きがあるんだ……」

レグルスと大臣はそれを聞いてげっそりとした表情になっている。

これまでの話ですら、顔を青くさせ、絶望の淵《ふち》に追いやられていた。

それに加えまだ続きがあるという。

これ以上の絶望があるのかと、聞くのも嫌《いや》だといった表情である。

だが、権力者である二人は聞かざるを得ない。

「これは他言無用だ。ここにいる自分たちだけの話だ。いいか？　他の国の重鎮《じゅうちん》にも話しちゃだめだ。それが了承《りょうしょう》できるなら続きを説明する」

余程《よほど》のことであるため、アタルは念を押《お》す。

「わ、わかった」

「りょ、了解《りょうかい》しました」

ゴクリと唾《つば》を呑《の》んで二人は頷《うなず》いた。

「じゃあ、話そう。世界に七種の宝石竜がいる。だがな、宝石竜は七種じゃない、八種いるんだ」

部屋の空気がざわっと動いたのを感じる。

「今いるわけじゃない。これは予想になるが、世界のどこかに封印《ふういん》されているのだろう。そして、その封印を解くためには七つの宝石竜の核が必要になるとのことだ。そして、魔族のラーギルはオニキスドラゴンの核を持って行った。わざわざ城の倉庫を襲《おそ》ってまでだぞ？　これは……繋がることだ」

　つまり、ラーギルは八匹目の宝石竜を復活させようとしている。

　それは事実であり、その危険は近づいている。

「そんな……」

「ただでさえ危険な宝石竜が増えるのか……」

　ショックを受ける二人にアタルは話を続ける。

「その最後の竜はロンズデーライトという宝石が額にある宝石竜になる。その実力は他の宝石竜を凌駕する。そりゃ封印されているくらいだから、そうもなるわな。最強で最凶の竜らしい。もしかしたら、世界で一番強い魔物《まもの》なのかもしれないな」

　これがとどめとなって、レグルスも大臣も座《すわ》り込んで頭を抱《かか》えるとそのまま動かなくなってしまった。

「まあ、ショックなのはわかる。実力は足らない、敵は強い、暗躍しているやつらもいる。やばい状況《じょうきょう》だし、最低な状況だ。更に言うと世界に強い魔物はまだいる。瘴気《しょうき》を纏《まと》った魔物なんていうのもいる。あれも強力な魔物だな。つまりは世界にはたくさん強い魔物がいるってことだな」

　これ以上落とすのかというほどアタルは辛《つら》く重い話をしていく。

事実、レグルスも大臣もピクリとも動かない。

「じゃあ、どうするのか？　わかるやつはいるか？」

冒険者《ぼうけんしゃ》ギルド前で騎士《きし》たちにしたように、アタルは質問をする。

その問いかけにキャロがピシッと右手を挙げている。

「はい、キャロ」

「はい、実力が足らなくて相手が強いのであれば、力をつけて強くなるしかありません！　戦闘訓練もそうですし、魔法《まほう》の練習もそうですし、武器の練習もそうですし、装備を整えるのもそうですっ！」

立ち上がって答えるキャロに、アタルは笑顔《えがお》になる。

「そのとおりだ、大正解。そう、俺と出会った頃《ころ》のキャロは狼《おおかみ》の魔物とやっと戦える程度だった。それが一緒に旅を続けてきて、今となっては黒竜と戦うことができるまでに成長した。わかるか？」

キャロは褒《ほ》められたため、嬉しそうに笑顔を見せながらエッヘンと胸を張っている。

ハッとしたようにレグルスと大臣は顔を上げる。

「一人の少女がここまで強くなった。竜とも戦えるようになった。オニキスドラゴンと戦える俺の大事なパートナーだ。俺が魔物と戦う時は、キャロが必要なんだ」

「は、はわわわあっ」

あまりにキャロへの褒めが続くため、彼女《かのじょ》は顔を赤くして、その場でわたわたとし始めた。

「つ、つまりどういうことなんだ？」

困ったような表情のレグルスは藁《わら》にも縋《すが》る気持ちでアタルに問いかける。

「うーん、いま弱いなら、強くなるしかないだろ？　守りたい国のために国力をあげて強くなるしかない。例えば、装備の質を上げる。冒険者の質の向上のためにも訓練を取り入れる。騎士と冒険者の合同訓練なんていうのもいいかもしれない。新人には初級訓練なんてものを取り入れると生存率が上がるかもしれない」

レグルスの力になれればと、アタルは様々な提案をする。

強大な敵を前にショックを受け、落ち込んで下を向いている男二人にただ襲い来るのを待つのではなく、少しでも前に向けるための要素を提示していく。

「二人はこの国のトップなんだろ？　だったら、そんな風に下を向いていては周りもついていけないいんじゃないか？　そんなことをしているくらいなら、頭を働かせるしかない。どうすれば強くなれるのか。どうすれば強化できるのか――方法なんていうのはいくらでもあるだろ。さっき言ったもののほかにも、フェウダーに騎士の訓練をしてもらってもいいだろうし、装備も今回の黒竜の素材なんか使うと強いものができるんじゃないのか？」

きつい情報を聞いて、考えることを放棄《ほうき》してしまったレグルスと大臣に、アタルは考えるための、とっかかりを与えていく。

空気は先ほどまでの重いものではなくなっていた。

自分たちにやれることをやればいい、というアタルの言葉は二人の心を直撃《ちょくげき》する。

そして、ここであきらめてはいけないと、彼《かれ》らの心を奮い立たせた。

「さあ、顔をあげてくれ。もちろん、俺たちも頑張る——だがそれだけじゃきっと足りないはずだ。それには各国が、個々人が強くならないとダメだろう。だから……力を貸してほしい」

そう締《し》めくくったアタルの言葉をしっかりと胸に受け止めた二人の顔には生気が戻《もど》り、気合が入り、この先の未来を見据《みす》え始めている。

「はあ、長く話したから疲れたよ。キャロ」

「はい、どうぞっ」

アタルが名前を呼ぶと、キャロは新しく注いだ紅茶を手渡《てわた》してくれる。

それを一気に飲み干すと、アタルはゆっくりと腰《こし》を下ろした。

「はあ、それにしても君たちはものすごいな。とんでもない情報をたくさん持っているし、それに対して心が折れることもない。さらには歳《とし》がだいぶ上の我々ですら君たちに励《はげ》まされている。もしかしたら、この国は今の君の演説によって救われたかもしれないな」

「その通りですね。あんな情けない姿は息子《むすこ》のレユールに見せられませんよ」

先ほどまでの暗い雰囲気《ふんいき》は二人から既に消えている。

「その顔が見られればあとは大丈夫そうだ……さて、それじゃあ俺たちは行くか」

「はいっ！」

『ガウッ』

『キュー』

アタルたち一行が帰りを告げると、レグルスと大臣が慌《あわ》てる。

「い、いやいや待ってくれ！　君たちには色々と報酬《ほうしゅう》を渡《わた》さなければならない。今回の竜《りゅう》討伐依頼《とうばついらい》は私が直接君に出したものだ。もちろんギルドの報酬はもらって大丈夫だ。それとは別に、国からも礼をせねばならん」

そう言われて困った顔になるのはアタルとキャロ。

「あー、報酬、と言われても、なあ？」

「ですねえ……」

ただでさえ金に困っていないアタルたち。

特にこれといって派手な使い道もないため、今後も困ることはない。

更《さら》に、冒険者ギルドでも報酬をもらえることになっている。

「このセリフを言うのは何度目になるかわからないが……俺たち金に困っていないんだよなあ」

それを聞いた大臣は苦笑《くしょう》している。この言葉は以前彼も言われたものであった。

「そ、それならば金以外のものでもいいぞ。魔道具、武器、防具、人でもいいぞ！」

焦《あせ》ったようにレグルスが代案をいくつかあげるが、そのどれもアタルたちが欲しいと惹《ひ》かれるものではなかった。

「武器も防具のいいものを持っている。魔道具は何があるかわからないからなあ……。ってか、人ってなんだよ人って！　奴隷《どれい》とかってことではないんだろ？」

「そ、それはもちろんだ。奴隷というわけでなく、君たちとならともに付いていきたいと申し出る騎士もいるはずだ。そういった者を募《つの》ってもいいということだ！」

嫌そうな顔のアタルの言葉に、レグルスは慌てて訂正《ていせい》する。

しかし、訂正されたからといってアタルが頷くような条件ではなかった。

いま、このパーティはアタル、キャロ、バルキアス、イフリアの四人でバランスがとれており、ここに誰《だれ》かをいれようとは思っていない。

「それじゃあ、適当に魔道具を見繕《みつくろ》ってもらうのでいいさ」

「て、適当！　し、しかしそれでは君たちが希望したものが提供できないかもしれない、私としてはできれば望みをかなえてあげたいんだ」

あっさりとしたアタルの返事に愕然《がくぜん》としながらもレグルスは食い下がる。

それには礼をしたいという気持ちだけではなく、姪《めい》に何かをしてあげたいという気持ちも含《ふく》まれていたのだ。

「んーーーーー……」

腕組《うでぐ》みをしたアタルは唸《うな》りながら考え込んでいる。

一つ案は浮《う》かんでいるものの、それを言っていいものか悩《なや》んでいる。

「……あー、あるんだが、ちょっと色々条件付きでもいいかな？」

「もちろんだ！」

ここにきてアタルが初めて希望のようなものを口にしようとしているため、内容を聞く前に、食い入るように前のめりになりながらレグルスが即答《そくとう》した。

「それじゃあ、一つ。前に大臣にも調査を頼《たの》んだんだが、今回も別の調査をしてもらいたいんだ。手伝いをいれてもいいが、絶対に秘密厳守できるようなやつだけに限る。いいか？」

アタルの条件を聞いてレグルスと大臣が顔を見合わせて頷きあう。

「承知した。その条件に従おう。少人数で、なおかつ秘密厳守を絶対条件として調査を行う！」

王の断言を受けてアタルは調査内容を話していく。

「俺たちはわけあって、特定の特殊な魔物に会いたい。その魔物がどこにいるのかはさっぱりわからないんだが、そいつらと絶対に会わなければいけないんだ。それを探してもらいたい」

「そ、その魔物とは……？」

当然の質問をレグルスがし、大臣はメモの準備をしている。

「目的の魔物は二体、一体は朱雀という名前で燃えるような赤い鳥の魔物だ」

「す、ざ、く。燃えるような赤い鳥の魔物、と」

アタルの言葉を一言一句大臣がメモしていく。

「もう一体が、青龍という名前で青い竜の魔物だ。ただ、こちらでいう一般的《いっぱんてき》なドラゴンとは異なる。細長い蛇《へび》のような身体を持つ竜だ。ちなみに、どっちもかなりの大きさだと推測される」

こちらも大臣がメモをとっている。

しかし、レグルスも大臣も難しい表情になっていた。

そんな珍《めずら》しい魔物がいれば、二人の耳に入っていてもおかしくないが、これまで聞いたことがなかった。

つまり、容易には情報が得られないということを示している。

「前回のシマ模様の獅子《しし》についての情報はなんとか見つけることができたが、アレに関しては物語で聞いたことがあるものがいたので……」

大臣は白虎の情報を集めてきた時のことを思い出していた。

「まあ、難しいかもしれないが頼めるか？　ダメならダメでいいが……」

「任せてくれ！　なあ？」

「も、もちろんです！」

アタルが唯一《ゆいいつ》の頼みを引き下げようとしたため、レグルスは慌てて引き受け、同意を求められた大臣も即答する。

「王城にある書庫は、私が信頼《しんらい》できる者を二人ほど連れて三人で探します」

広めないともなると、最少人数で行わなければならないため、大臣は三人だけで調査をすることにする。

「それじゃ、俺とキャロは街の大図書館で調べるとするか……」

「はいっ！」

キャロが元気よく返事をする。

彼女はあの大きな図書館を気に入っており、また行けることを喜んでいた。

キャロの返事を聞けたため、アタルは今後の予定を考える。

「それじゃ、そっちは城を、こっちは街を調べるとして、連絡《れんらく》はどうする？　毎日こっちに様子を確認に来ればいいいか？」

二人は宿に宿泊《しゅくはく》して、街中をブラブラしていることが多いため、連絡をとりたいのであればアタルたちが足を運んだほうが早いと判断する。

「いやいや、それでは無駄足《むだあし》になってしまうこともある……そうだ！　二人にはうちに泊《と》まってもらうというのはどうだろうか？　レユールも喜ぶだろうし、是非《ぜひ》そうしてほしい！」

「ふむ、大臣の家であれば情報共有もしやすく、伝言も残しやすいな。双方《そうほう》が構わないのであれば、その形で話を進めていこう」

大臣の提案にレグルスが話を進めていく。

「いや、それはありがたいが……いいのか？」

「もちろんだっ！　先ほども言ったがレユールは二人に懐《なつ》いているし、こちらこそお願いしたいくらいだよ。あの子は命の恩人であるみんなを尊敬しているから、いてくれるだけで喜ぶはずだ……それに、毎日進捗状況《しんちょくじょうきょう》を双方で確認できるのはよいことだ」

「それじゃ、頼む。とりあえず俺たちはこのまま大図書館に行ってくる。悪いが、奥《おく》の持ち出し禁止の書庫を閲覧《えつらん》できるように手配してくれ。閉館まで調べ物をしたら家に行くことにするよ」

大臣が力強く了承してきたので、アタルはその提案を飲むことにしてすぐに部屋を出て行った。

王に対しての態度としては良くないものではあったが、今回対等な立場で話したいと思っていたレグルスはそのことを気にもせず、大臣とともにそれぞれのやらなければならないことのために動いていく。

王は部下に命令し、大図書館の司書へとアタルたちの自由閲覧の許可を取りつける。

大臣は宣言したとおり、信頼のおける部下二名を同行させて城の書庫に向かっていた。

特に口が堅《かた》く、話をすればことの重大さを理解できる者。

その二人を選出して、書庫を調べあげていく。

ただ、過酷《かこく》な環境《かんきょう》では心にゆとりがなくなり、口も軽くなってしまうため、定期的に休《きゅう》憩《けい》をいれるのと、毎日報酬を用意するのを忘れなかった。

アタルたちはこれまた大図書館にこもり、情報を集めていく。

ここでアタルたちに朗報だったのは、持ち出し禁止エリアの閲覧だけでなく、司書の協力をあらかじめ王が取りつけていたことだった。

ただ闇雲《やみくも》に片《かた》っ端《ぱし》から本を確認していくのでは、時間がかかりすぎてしまう。

しかし、どのような本を探しているのかを司書に相談しながら行えることで、最初から調査範囲《はんい》をある程度絞《しぼ》ることができていた。

また、こちらもただただ調査だけをしているのでは疲れてしまうため、街で食事を楽しむことで余暇《よか》を作って楽しんでもいた。

これは調査に加われないバルキアスとイフリアの楽しみのためでもあった。

調査の合間、アタルたちは報酬を受け取るために冒険者ギルドへ立ち寄っていた。

「えーっと、それではまずはキャロさんから報酬をお渡ししますね」

「はいっ！」

前回提出した冒険者ギルドカードの情報をもとに報酬が振《ふ》り分《わ》けられている。

「えーっと、まずは報酬金《ほうしゅうきん》がこちらになります。よいしょっと」

カウンターの上にドサリと置かれた袋《ふくろ》は金貨が詰《つ》まっており、その音からも受付嬢《うけつけじょう》がかけ声とともに持ち上げていたところからみても、かなりの量であることはわかる。

「ヒューッ」

「すげえな、あの嬢《じょう》ちゃん」

「この間の竜討伐《りゅうとうばつ》戦の報酬だろ？　あれだけもらえるってことは、相当活躍《かつやく》したんじゃないのか？」

ギルドホール内にいる冒険者たちがキャロのことを口々に褒めていく。

愛らしい彼女の見た目に反して、相当量の報酬をもらっていることに感心していた。

「俺、あの戦いに参加したけど、あのお嬢ちゃんはフェウダーの旦那《だんな》と一緒に黒竜と戦っていたぞ。フェウダーの旦那の足を引っ張ることなく、むしろ同等にやりあっていた。とんでもない子だよ」

その中にはあの戦いに参加していた者もおり、キャロがどれだけの成果をあげたのかを語っていた。

「あとは、こちらの素材も報酬です。黒竜をメインに戦っていたそうなので、黒竜の牙《きば》を一本と鱗《うろこ》が二十枚になります」

この言葉に周囲がざわつく。

黒竜はそもそも討伐《とうばつ》例が少なく、その素材ともなれば希少素材であり、売ればひと財産築くことができるかもしれないものである。

「あぁ、はい。ありがとうございます」

それだけの金と素材をキャロは礼を言うとあっさりとマジックバッグへと収納していく。

あまりにあっけなく、感慨《かんがい》もなく収納していく様子に冒険者たちは驚《おどろ》いていた。

この程度の報酬では動じない。

つまり、それだけのものをこれまでにも手に入れているということである。

どれだけ危険度の高い道を潜《くぐ》り抜《ぬ》けてくればこんなことになるのか。

そう考えた冒険者たちはキャロの見た目からは計り知れない底知れぬ強さを感じ取っていた。

「さ、それじゃ俺《おれ》の番だな。はい、これ冒険者ギルドカード」

キャロが報酬を全《すべ》てしまい終わったところで、アタルが交替してカードを提出する。

カードを受け取る前からアタルが何者なのかわかっており、担当している受付嬢は他《ほか》の受付嬢に視線を送っている。

「？」

その様子にアタルは首を傾げるが、報酬をもらえればなんでもいいかと気にするのをやめる。

そして、その理由はすぐにわかることとなる。

「まずはお金が、よいしょっ、うんしょっ、これもっ、あとはこれも、です！」

他の受付嬢が少し汗《あせ》をかきながら運んできてくれた報酬金を何とか持ち上げるようにして、四袋がカウンターの上に載《の》せられる。

一つ一つの袋がキャロのものよりも大きく、その中身には金貨がパンパンに詰まっている。

キャロの時には驚きを口にしていた冒険者たちだったが、今度の報酬金の量には口をポカンと開けて呆然《ぼうぜん》としていた。言葉の一つも出ずにいる。

「へえ、結構多いもんだな」

「さすがアタル様ですっ！」

アタルは何事もなくマジックバッグに報酬金を押し込んでいく。

キャロだけはアタルの結果のすごさを褒めていた。

「それと、ちょっとカウンターの上には載せきれないので、そちらに持っていきますね」

アタルの担当受付嬢は他の受付嬢と協力して、アタルへの報酬素材を運んでいく。

大きな布の上に載せられた素材はカウンター前の床《ゆか》の上にドサリと置かれる。

それが五回。

床に置かれた大量の素材を見て、冒険者たちは誰も何も言うことができない。

「えー、アタルさんの報酬はオニキスドラゴンの角二本、牙二本、翼《つばさ》一枚、鱗が百枚、核《かく》

も報酬の一つだったのですが、その、トラブルがありまして……えっと」

「あぁ、それはわかっているから大丈夫だ。どこかの馬鹿《ばか》がとんでもないことをやらかしたってな。まあ、こんだけ色々もらえれば十分だろ」

それらをアタルは次々にカバンの中へと収納していく。

「キャロ、悪いな。そっちにも適当にいれてってくれ」

「了解ですっ！」

キャロも屈《かが》むとそれらを一緒にしまっていく。

「しっかし、これは多いなあ。正直これをどうするか悩むところだな」

「ですねえ……そうだっ！　巨人《きょじん》の国にまた戻った時にブラウンさんとテルムさんに装備を作ってもらいましょう！　あのお二人ならきっと喜んで良い装備を作ってくれるはずですよっ！　とても珍しい素材ですからっ」

キャロは玄武《げんぶ》の装備を作ってもらった時のことを思い出していた。

「あー、確かに。あいつらなら興味持ってくれるかもな。加工する道具も持っているだろうし……問題は」

「遠いことですね」

一つの国を移動してきているため、キャロが言うように『戻る』ことになってしまう。

「まあ、現状は装備に困っていないからいつか作ってもらうことにしよう。金に困ったら売《う》り払《はら》ってもいいしな。さて、行くとするか」

アタルは全ての素材をしまい終えて立ち上がる。

「な、なあ、あんたたち！　そ、その素材いらないなら、鱗の一枚を譲《ゆず》ってもらえないか？」

「おい！　ずるいぞ！　俺も牙を譲ってもらいたい！」

「俺には翼を！」

「俺にも角をくれ！」

「金なら出す！」

「俺は黒竜のほうでいいから譲ってくれ！」

「邪魔《じゃま》だ！　俺にもよこせ！」

ホールにいる冒険者たちがアタルたちを囲むように集まってくる。

そして、押《お》し合《あ》いになって騒動《そうどう》になってしまう。

「うるさい！」

アタルが怒鳴《どな》りつけるが、それでも騒ぐ声はおさまらない。

「面倒臭《めんどうくさ》いな……銃《じゅう》で」

アタルは今度も空砲《くうほう》を撃《う》って騒ぎを収めようと思うが、キャロがアタルの腕《うで》を掴《つか》んで止める。

「お任せ下さいっ。バル君、やって下さい」

キャロの声かけにバルキアスが頷く。

『アオオオオオオオオオオオオオオオオオオンッ！』

バルキアスが遠吠《とおぼ》えをあげる。

ただの遠吠えではなく、魔力《まりょく》を込めた威圧《いあつ》のような効果を持つものである。

ビリビリと空気が震《ふる》え、しゃがみ込む者、耳を塞《ふさ》ぐ者、気合で耐《た》える者、気絶してしまった者など様々に反応する。

「……静まったな」

「はいっ」

『ガウッ』

『ピーッ』

影響《えいきょう》が全くなかったのはアタルたちだけであり、意識のある冒険者や職員は茫然《ぼうぜん》とアタルたちのことを見ている。

「とりあえず言っておく。俺たちの素材は俺たちの物だ。お前たちの中で同じ結果を出せるやつがいるなら考えてもいいが、最低フェウダーより強くないとだがあいつに勝てるやつがここにいるのか？」

アタルも冒険者たちを威圧する。

彼ら冒険者の回答は首を勢いよく横に振ることだけだった。

「いないな？　だったらガタガタ騒ぐんじゃないぞ。お前たちがこういう素材を欲《ほ》しいのなら、自分の実力で手に入れて見せろ。かりにも冒険者として飯を食っているんだろ？　だったらその力で稼《かせ》いで見せろ、以上！」

アタルが威圧とともにそう言い放つと、冒険者たちは肩《かた》を落として反省し項垂《うなだ》れていた。

「そうそう、これは置いてく」

アタルはカバンから報酬金の袋を一つ取り出してカウンターに置く。

「えっ？　えっと、これは……？」

アタルたちの担当受付嬢は彼らのすぐ近くにいたため、遠吠えの被害《ひがい》を避《さ》けられていた。

「これはさっき俺がもらった報酬金だが、気絶させたり怖《こわ》がらせたりしたからな。ここにいるみんなで分けてくれ。飯を食ってもいいし、酒を飲んでもいいし、欲しいものを買ってもいい。好きに使ってくれ。それじゃあな、みんな行くぞ」

アタルたちが早々に出て行くと、残された冒険者や職員は思わぬ収入に大騒《おおさわ》ぎになり、歓声《かんせい》が響《ひび》き渡っていた。

また、情報が集まるまでの期間、アタルたちは大臣の息子のレユールの訓練をすることとなった。

「いいぞ、レユール。ただ剣《けん》を振ろうと考えるな。相手の動きを見て、次を予測するんだ」

キャロ相手に剣を振るレユールの動きを見て、アタルが的確な指導を入れる。

キャロは基本的には受けに回っていた。

それだけでは練習にならないため、たまに攻撃をしても、寸止めにしている。

「はいっ！」

憧《あこが》れていた二人に指導を受けられることで気合が入っているレユールは、額に汗を浮かべて懸命《けんめい》な様子で攻撃をしていた。

訓練初日のレユールは慣れない剣に振り回《まわ》されていた。

しかし、今のレユールは訓練のおかげで身体の使い方を学び、攻撃ができている。

次のステップとして、アタルはキャロの動きを確認《かくにん》しながら攻撃をするように指導していた。

「相手の身体の動きから次の攻撃を予測するんだ」

「はいっ！」

自分の力が徐々《じょじょ》についていくのが楽しくなったレユールは、訓練にどんどん集中し、今ではキャロの動きをとらえられるほどになっていた。

訓練を頼まれた当初、アタルはレユールの剣術《けんじゅつ》の才能がそれほどあるとは思っていなかった。

しかし、彼の目の良さを見抜《みぬ》いており、その能力を伸《の》ばそうとしていた。

キャロが右に移動しようとすると、レユールはそれに合わせて動く。

キャロが攻撃しようとすると、素早《すばや》く剣を振るってその動きを封《ふう》じる。

キャロが踏《ふ》み込んでくると、レユールも踏み込んでキャロの懐《ふところ》へと入りこんだ。

「——今だ！」

アタルの声に合わせてレユールが攻撃する。

それは木剣《ぼっけん》ではなく、拳《こぶし》によるもので、しっかりとキャロの胸当てに命中した。

「お見事ですっ！」

「よくやったな」

キャロに一撃《いちげき》を加えたことを嬉《うれ》しそうにアタルとキャロが褒める。

「はあはあ……すうはあ」

集中力が切れたレユールは肩を揺《ゆ》らしながら、息を乱している。

だがすぐにゆっくりと深呼吸を数回して呼吸を整えていく。

「あの、その、ありがとうございます！」

晴れ晴れとした表情のレユールは頭を下げてアタルたちに礼を言う。

「本当に、ありがとうございました！」

深く深く頭を下げたまま、レユールは再度お礼の言葉を口にする。

しかし、頭を上げる様子がなく、ずっとそのままの姿勢でいた。

「レユール？」

「レユール様？」

アタルとキャロが声をかけると、そこでやっとレユールが顔を上げる。

「ほんどうに、ありがどうございまじだあああ！」

その顔は濡《ぬ》れてぐちゃぐちゃになっていた。

目からは涙《なみだ》、鼻からは鼻水、口からは涎《よだれ》が垂れていた。

「おい、どうした」

「レ、レユール様っ。ハンカチを使って下さい！」

キャロは慌てて駆《か》け寄《よ》ると、顔を拭《ふ》くようにそれを手渡す。

「ず、ずみまぜん……！」

キャロから受け取ったハンカチで鼻をかむと、レユールはすっきりした顔になっていた。

「初日はとても酷《ひど》いものだったのに、お二人のおかげでここまで成長することができました。そ、それも、もう終わると思ったら、つい涙が……鼻水とか色々もですけど……とにかくお二人にはすごく感謝しています。戦う方法を教えてくれました。これからも訓練を続けていきます！　お二人の弟子《でし》として！」

それはレユールの宣言だった。

彼はこの数日で教えてもらったことを全て漏《も》らさず覚えていた。

そして、夜には部屋でそれらを紙に記してまとめていた。

二人に教えてもらえる時間が長くないとわかっているからこそ、レユールはひたすら努力し続けられたのだ。

「あぁ、頑張《がんば》れ。俺たちのほうもそろそろだといいんだけど……」

竜との決着がついてから今日でちょうど一週間。

アタルたちは街の大図書館で調べていたが、結局情報は見つからなかった。

となるとあてにできるのは大臣側の情報であり、それを大臣邸《てい》で待っていた。

「アタル様！　キャロ様！」

そこへ城の騎士がやってくる。

「王と大臣よりお二人を呼んでくるよう言われてきました。何やら、必要なものが見つかったとかなんとか……」

「おぉ、ついにか。もし見つからなかったら別の街で探さないとだと思っていたからよかったよ」

神の太鼓判《たいこばん》をもらっていたため、ここで情報は手に入ると確信していた。

だからこそ大図書館で情報が手に入らなくても焦りはなかった。

しかし、そう言うわけにもいかないため、無難な返事をする。

「よかったです、それではお城に向かいましょうっ！　レユール様、行ってきますね」

「レユール、行ってくる」

「はい！　いってらっしゃい！」

二人はレユールに挨拶《あいさつ》をして、城へと向かって行った。

城に案内された二人はそのまま王の私室へと案内される。

「わざわざ来てもらって申し訳ない。今日呼んだ理由は、先日の調査結果が出たのでやってきてもらった。大臣、頼む」

レグルスに言われ、大臣は書類を片手に一歩前に出る。

「それでは調査結果を説明しよう。アタル君が希望している二体の魔物の情報だが、この国にはいないということがわかった」

この説明はアタルも想定内だったため、ただ頷《うなず》く。

四神ほど力を持つ存在が二柱以上同一の国にいるとは思えなかった。

「しかし、この国以外にいるという情報が手に入った。ここより北の地に青き竜が生息しているというものだ。こちらの世界のいわゆるドラゴンとはことなり、蛇のように細長い身体を持つ竜だという。これは聞いていた情報に合致《がっち》すると思われる」

その説明にアタルは頷く。

「そいつは多分青龍《せいりゅう》だな。その情報はいつのものなんだ？　詳細《しょうさい》さから考えると、最近のものなのか？」

「いや、城の書庫ではなく、宝物庫の奥のほうにしまってあった古文書に書いてあった。状態維持《いじ》の魔法がかけられていたから読むことができたが、そうでもなければ触《ふ》れるだけでボロボロになるくらいには時が経《た》っている。千年は経過しているだろう。保存してあったのも特別な部屋で、部屋自体にも保存効果を促《うなが》す魔法がかけられていたくらいだからな……そんな情報が本当に……」

話していくうちに自信がなくなってきた大臣は少し言いづらそうにしていた。

本当に、の続きは役にたつかわからない、というものであった。

「いや、十分だ。白虎《びゃっこ》の時も少ない情報から結果に至ることができた。確かにそれよりも古い情報かもしれないが、あいつらならそれくらいには古い情報に載っていても驚くものじゃない。まあ、なんとかなるだろ」

「楽しみですねっ！」

キャロも不安はなく、情報が手に入ったことに喜んでいた。

「喜んでもらえているようでよかった……で、だ」

今度はレグルスが言いづらそうな表情で、言葉を紡《つむ》ぐ。

「その、なんだ、続きがあってだな。いや、続きというのはその青い竜の話ではなくてだな……いやいや、かといって赤い鳥の話とも違《ちが》うんだ」

王としての威厳《いげん》はどこへやら、突如《とつじょ》しどろもどろになるレグルス。

大臣はこの話題に関しては担当していないのか、だんまりを決め込んでいる。

そして、アタルはレグルスが何を話そうとしているのかわかっているらしく、言葉を待っていた。

「えっと、何か言いづらいことなのでしょうか……？」

話が進まず、そして誰も何も言わないため、言いにくいことなのだろうかと遠慮《えんりょ》がちにキャロが質問する。

「その、だな。実は別のことも調べていたんだ」

「キャロ、その件は俺が王様に頼んでいたものだ」

「は、はあ……」

なんのことかわからず、キャロは気の抜けた返事をした。

「その、だ。私が調べさせていたのはキャロの両親の情報だ」

「⁉」

キャロは思ってもみなかった話に驚いている。

「私の兄ジークムートもハンナさんもどちらも戦闘《せんとう》能力が高かった。ジークムートは剣術も体術も国で敵《かな》う者がいないほどに優秀《ゆうしゅう》だった。野盗程度にやられるとは思えない。ハンナさんも同様だ。彼女はメイドとして城に勤めていたが、若い頃《ころ》に魔法《まほう》を学んでいて、攻《こう》撃魔法《げきまほう》が得意だった。体術も兄に仕込まれていたから魔力がなくなっても戦う術を持っている」

この情報にキャロはホッとした表情になる。

生きているかもしれない根拠《こんきょ》が親族である王によって提示されたことは心強かった。

「ただ、あの野盗騒《さわ》ぎは少しおかしいところがあった。始まりは、街に迷い込んだ人族の男が野盗を率いて襲《おそ》ったというものだった。それはそのとおりらしい。だが、その野盗の中に獣人《じゅうじん》の姿があったらしい」

「いや、それは今回の誘拐《ゆうかい》団でもあったことだろ？」

アタルたちが壊滅《かいめつ》させた誘拐団は人族、獣人族の双方の姿がある混成チームだった。

そのことを考えれば別段珍しいことでもないように思われる。

「いや、今回の件は特別だと思ってくれ。今回は王族の娘《むすめ》、つまりキャロを狙《ねら》うという目的があったからこそ複数の種族が手を組んでいたんだ。通常は獣人が獣人を奴隷にするために手を組むことはないと思ってくれ」

そのことは今回の説明だけでなく、キャロの故郷《こきょう》を襲った話にも繋《つな》がってくる。

「つまり、その時も特別な場合だったってことか。キャロの故郷を襲ったのもただ野盗が襲撃《しゅうげき》しただけじゃなく、別に狙いがあった……もしかして、キャロの両親を狙ったのか？」

アタルの予想に王が頷く。

「あの頃の私は王子で、兄も王子で、弟もいたんだ。私の才能は平凡《へいぼん》だったから目をつけられることは少なかった。だが、兄は何をやらせても優秀で、兄を次期王にという意見もかなり多かった。だが、一番言いなりになりそうな弟を擁立《ようりつ》しようとした一派にとって、兄は邪魔だったんだ。城から出奔《しゅっぽん》してなお、王位継承権《けいしょうけん》を持つ兄のことが邪魔だった。だから、野盗に紛《まぎ》れてそいつらは兄夫婦《ふうふ》を狙っていたんだ」

「なるほどな……」

この説明を聞いてアタルは合点《がてん》がいった。

「それだけ強い二人がなんでキャロを助けに行かなかったのか疑問に思っていたんだ。助けに行かなかったんじゃなくて、行けなかったんだ。その凄腕《すごうで》の獣人暗殺者ってやつと戦っていたんだな……」

アタルはその事実に心を痛めている。

二人は恐《おそ》らく野盗がなぜやってきたのかを知っていた。

自分たちが狙われたせいでそんなことになったことを知っていた。

つまり、キャロがあんなことになった理由が自分たちにあるとわかっていた。

しかし、力のある二人の暗殺を請《う》け負《お》った者となると、それなり以上の腕前《うでまえ》であり、倒《たお》したにしても時間がかかったはずである。

「やりきれないな……」

アタルがそんなことを呟《つぶや》く。

しかし、キャロは笑顔《えがお》だった。

「いいんです。お父さんとお母さんに捨てられたわけじゃないってわかっただけで、十分なんです。もう会えないとしても、アタル様がいます、バル君がいます、イフリアさんがいます。それに、叔父様《おじさま》もいますからっ！」

そう言ったキャロは強がりではなく、心の底からそう思っているようだった。

「待て待て、キャロ、キャロの両親がもういない、なんていう悲しい話だけだったら、わざわざ調べた結果を話さないだろ？　つまり……」

アタルの言葉にレグルスが頷く。

「その通り。兄とハンナさんの情報を得ることができた。ただ……期待させすぎも申し訳ない程度の情報なんだがな……」

「それでも何もないよりはマシだ。教えてくれ」

自分で依頼《いらい》した調査内容であるため、アタルが続きを促す。

「わかった……野盗の襲撃で生き残った者で、今の集落から別の場所へと移り住んだ者に話を聞くことができた。その者がいうには兄たちは獣人の暗殺者や野盗と戦い、時間がかかったものの勝利したとのことだ」

この時点でキャロの両親は、野盗襲撃の段階では生きていた可能性が濃厚《のうこう》になる。

「すぐにキャロを捜しにいったが、既《すで》に攫《さら》われたあとで、追いかけようとしたものの、怪我《けが》でボロボロになっていた二人はそれができなかった。怪我を治療《ちりよう》しようと生き残りから声をかけられたが、それを断ってどこかに身を隠《かく》したらしい」

「っ……なんで！」

泣きそうになっているキャロは思わず立ち上がって叫《さけ》んでしまう。

なんで、ちゃんと治療を受けなかったのか。

なんで、自分を追いかけようとしたのか。

なんで、もっと自分を大事にしてくれないのか。

そんな思いが入り乱れて『なんで！』という短い言葉に集約されて飛び出ていた。

「キャロ、お前の両親はすごく優《やさ》しい人なんだな」

彼女《かのじょ》の気持ちが痛いほど伝わってきたアタルが立ち上がってキャロの頭をポンポンと撫《な》でながらゆっくりとした声音《こわね》で言う。

アタルの手のぬくもりと言葉に落ち着きを取《と》り戻《もど》したキャロはゆっくりと腰《こし》を下ろす。

「そのまま残っていれば、残党が再び襲ってくるかもしれない。何せ本来の狙いである二人は生きているんだからな。生き残った人々にそんな辛《つら》い思いをさせたくないから二人はどこかに行ったんだ。それも身を隠す、つまり行き先は告げずにな」

アタルは二人の思いを予想して語る。

「……アタル殿《どの》、君は本当のところは何歳《なんさい》なんだ？　見た目どおりの年齢《ねんれい》だとは到底《とうてい》思えないような考え方ができる男だな。だが、まあそういうことだ。二人は周りに迷惑《めいわく》をかけないようにどこかに身を隠した。私も……私もこの情報を聞いたあと、しばらくの間は行方《ゆくえ》を捜《さが》してみた。しかし、前にも言ったがその時の私は若く、力も行動力もなく、味方してくれる者もおらんでな……大したことはできなかった」

アタルの頭の良さに感心しながらもレグルスは申し訳ない気持ちでいっぱいのようで、表情はさえない。

父親である王は？　と聞くのは野暮《やぼ》であるため、アタルはあえて口にしない。

「だからこそ、キャロがこの国にやってきた今回をきっかけに私は、今の自分の力を総動員して、二人の捜索《そうさく》にあたった」

王として、叔父《おじ》として、弟として、義弟《ぎてい》として、恩人に対するお礼として、全てをかけてレグルスは二人の行方を捜した。

「だが、王なんていっても大したことないものだ。手に入った情報はたった一つだけだったんだ。兄と義姉《ぎし》らしき人物をここから東にしばらく行った港町で見かけたというものだけだ。しかも、その情報もだいぶ前のことらしい……今となっては……」

レグルスは自分の不甲斐《ふがい》なさを嘆《なげ》き、肩を落としている。

「いえっ！　それだけ調べていただければ十分ですっ！　少なくとも、その時には二人は生きていた……アタル様たちが私の家族で、新しく叔父様にも会えました。その上、お父さんとお母さんが生きている可能性が高くなった……すごく嬉しいですっ！」

ふわりとほほ笑《え》んだキャロの目じりからポロリと涙が一粒《つぶ》零《こぼ》れ落《お》ちる。

「そうだな、生きていれば会える。世界は確かに広いが、俺たちはここまで旅を続けて色々な人に会ってきた。それこそ普《ふ》通《つう》の冒険者《ぼうけんしゃ》じゃ到底知り合えないような相手ともな」

レグルスは王族である自分のことを指しているのだろうとニヤリと笑っている。

「あー、ちなみに言っておくけど、王族ならこれまでに他の国でも会っているからな。別に珍しくもなんともない」

レグルスの考えを見抜いたアタルはあっさり言ってのける。

ぽかんとした表情のレグルスは本当か？　とキャロの顔を見る。

返ってきた答えは困った笑みとともに無言の頷き。

「だあああ、なんだか恥《は》ずかしい顔をしてしまった！　まさか、これまでにも他国でそんな経験をしてきていたとは……いや、あれだけの実力をもっているのであれば、それも当然のことか。きっと他国でも国の一大事を解決するために協力してきたのであろう？」

竜討伐戦のアタルたちの実績については全て報告書であがってきており、彼《かれ》らがとんでもない実力の、それこそSランク冒険者を凌駕《りょうが》する実力の持ち主であるとわかっていた。

「まあ、色々、な。といっても、俺たちは基本的に巻き込まれてそれを何とかしてきたってだけで、自分から首を突っ込んだとかは……ないよな？」

「ええっと……どうでしょうか。ね、バル君？」

話を振られたキャロは視線を泳がせて、今度はバルキアスに話を振るが、当然バルキアスも困って背中に乗っているイフリアがいる方向に首を向けている。

『ガ、ガウッ？』

しかし、イフリアはどこ吹《ふ》く風《かぜ》で、バルキアスの背中で丸くなっている。

「はっはっは、いいのだよ。言えないことも色々あるだろうからな。まあ、とにかく小さな情報だが兄たちの情報を君の要望どおりに用意できた。これで少しは君たちの助けになったのかな？」

「あぁ、キャロも言ったが十分な情報だったよ。青龍の情報といい、キャロの両親の情報と言い、どちらも今となっては古い情報なのに、それを手に入れてくれたのは本当にありがたいことだよ。俺たちだけだったら決して手に入れることのできない情報だ。さかのぼって言うと、白虎の情報もキャロの故郷の情報もとてもありがたいものだった」

今回の王の尽力《じんりょく》、そして前回と今回の大臣の情報収集。

アタルはそれら全てに感謝していた。

情報は戦いを制すというが、それ以外でも情報は重要なものであり、正確な情報を得るには労力と時間が必要になる。

しかし、二人は短時間で最高の結果をあげていてくれた。

「い、いやいや、当然のことだ。君たちは十分すぎるほどの結果を出してくれたからな」

「そうだ、うちのレユールを救ってくれた恩人だ。あれでは全く足りないさ」

レグルスも大臣も、アタルたちの貢献度《こうけんど》に対して、まだまだ何もできていないと思っていた。

「俺としては十分なんだけどな……まあ、気になるなら俺たちが困っている時にこの国にきたら協力してくれればいいさ」

困る予定がないため、アタルはそんなことを軽く言う。

「承知した。その時には国を挙げて全力で応《こた》えよう！」

「君たちの戦いぶりには騎士団《きしだん》も感動していた。彼らも君たちが困っているとあれば、自ら力を貸そうとするはずだ！」

予想以上の反応にアタルは一瞬《いっしゅん》とまどうが、まあいいかと気にしないことにする。

「さて、それで情報が出そろったところで一つ問題がある」

「問題、ですか？」

アタルの言葉にキャロが聞き返す。

「問題というよりは、決めなければいけないことと言った方が正しいな……青龍がいるのは北の地だ。そして、キャロの両親を見かけたというのは東の港町だ。どちらに行くのか、どちらから先に行くのか、それを決めないといけない」

アタルはそう言うと、キャロの目を真剣《しんけん》な表情で見つめている。

「アタル、様……」

その視線の意図を理解したキャロは、緊張《きんちょう》しながらアタルの名を口にした。

「キャロ、お前が決めてくれ。どちらから行ってもいい。どっちも行けばいい。だが、どちらから行くかはお前が決めてくれ」

そう言われたキャロは数秒目を閉じたが、すぐに開くと笑顔でアタルを見る。

「――答えは決まっています……北の青龍のもとへ向かいましょう。私たちの急務は力の強化です。もし、宝石竜と再び戦うことになった場合、強い力が必要になるはずです」

キャロに迷いはなかった。

「宝石竜が暴れたら止められるような人はそんなにいません。その力を持っている私たちが頑張れば、お父さんとお母さんがその被害にあうこともないと思います。だから、二人に会うことよりも強くなること、それが最優先事項《じこう》ですっ！」

キャロの中にはもちろん二人を探しに行きたいという気持ちがある。

しかし、それでも、その思いを押《お》し殺《ころ》してでも、必要な選択肢《せんたくし》を選んでいた。

「ようっし、わかった。それじゃあさっさと青龍に会って、なんとかして俺たちの力を強化、そののち港町に行ってキャロの両親を捜す。この流れで行くぞ！」

「はいっ！」

『ガウッ』

『ピー』

次の目的地が決まったアタルたちに迷いはなく、意識は北の地にいるといわれる青龍に向いていた……。

あとがき

『魔眼と弾丸を使って異世界をぶち抜く！　7巻』を手に取り、お読み頂き、誠にありがとうございます。

あとがきで何度かお知らせしていますが、現在コミカライズ版が連載中となっています。更に追加情報です。

この本の発売数日後の三月二十七日（金）にコミックの第1巻が発売します！

原作がベースになっていますが、構成や展開などを相談した結果、少しずつ変更している部分がありますので、そのあたりに気づいた方はニヤリとできるのではないかと思われます。

書籍版ともどもよろしくお願いします。

それでは、今巻の内容について少し触れたいと思います。

七巻では獣人の国での活動が続きます。

今回はキャロの故郷に向かい、彼女の両親の秘密を知ることになります。

さらに、これまでは四神が最大の敵として存在していましたが、新たなる強敵との戦いが待ち受けています。

宝石の名を冠する宝石竜。新たな強敵との戦い。そして魔族のラーギルの暗躍。

これらがどう繋がっていくのか、未だ姿を見せない残りの四神朱雀・青龍は姿を現すのか。新たな刺激が加わった物語がどう展開していくのか、今後をお楽しみ下さい。


毎度こちらも書いていますが、恐らく今回も帯裏に八巻発売の予定が——書いてあるといいなあ……と思いながらあとがきを書いています。

最後になりますが、今巻でも素晴らしいイラストを描いて頂いた赤井てらさんには今回もとても感謝しています。

編集・出版・販売に関わって頂いた多くの関係者のみなさん、またお読みいただいた皆さまに感謝を述べてあとがきとしたいと思います。

ゴオッ
ドドッ

超人級スナイパー、
異世界へ
「コミックファイア」にて好評連載中!!
「魔眼と弾丸で
異世界をぶち抜く!」
単行本第①巻 3月27日(金)発売!!
http://hobbyjapan.co.jp/comic/
漫画：瀬菜モナコ
原作：かたなかじ キャラクター原案：赤井てら

HJ NOVELS
HJN31-07

魔眼と弾丸を使って異世界をぶち抜く！　7

2020年3月21日　初版発行

著者――かたなかじ

発行者―松下大介
発行所―株式会社ホビージャパン
〒151-0053
東京都渋谷区代々木2-15-8
電話　03(5304)7604（編集）
　　　03(5304)9112（営業）

印刷所――大日本印刷株式会社

装丁――木村デザイン・ラボ／株式会社エストール

Printed in Japan

ISBN978-4-7986-2150-0　C0076

ファンレター、作品のご感想お待ちしております

〒151－0053　東京都渋谷区代々木2－15－8
(株)ホビージャパン HJノベルス編集部 気付
かたなかじ 先生／赤井てら 先生